U0634613

入世醒语

邢莉娜 邢丽雅 著

中国财富出版社有限公司

作者邢莉娜

作者邢丽雅

所谓"智度"，乃读万卷书，行万里路，阅无数人。

女性创业家姊妹花，联袂创业，各有所长。

所谓"自度度他"，在于践行帮助更多人读好书，勤学习，理论联系实践，帮助更多同行者自立自强。

有方向的人，永远不会迷路。

序　言

“开卷有益”。

这句话送给正在翻阅此书的每一位读者，送给在人生旅途不同阶段有幸与此书结缘的每一位朋友。在浩瀚的书海里，邂逅《入世醒语》，美丽而幸福。无论你是创业女性、白领丽人，还是宝妈，无论你是女性还是男性，泡一杯茶，双腿盘坐沙发或端坐于书桌前，让轻音乐环绕耳边，手捧此书，安静地读进去，相信会有同样的感悟。

作者邢莉娜、邢丽雅，八零后，是同胞姐妹，一个内敛，一个新潮；她们联袂创业，一个研发产品，一个精耕运营；她们角色不同，性格迥异，各有所长，但相携相伴，互补短长，成长为女性健康管理领域著名的姊妹花。用当下流行的标签，她们属于"跨界""破圈"之有为青年，有着多重身份：创业家、深度阅读者、文化传播者。正是多重身份，让她们在二十多年的创业、阅读思考中，把阅读思考（理论）与创业（实践）逐步深度融合，把思考力与创造力互相融合发挥到较高的程度，阅读思考推动着事业发展，实践获得的营养反哺阅读思考，良性反馈，循环往复，进而形成自己的认知——"世事洞明皆学问，人情练达即文章"，真正验证着颠扑不破的理念：实践是检验真理的唯一标准。

她们首先是创业家。二十多年，她们深耕女性健康管理实业，把事业版图扩展到全国二十多个省、市、自治区，一群女性创业者跟随她们白手创富，她们帮助了更多的女性建立起健康的生活方式，改变了很多普通女性的命运。但凡做过投资的都知道，从基层打拼出来的创业者，是可畏和可敬的，在市场摸爬滚打，历经九死一生，成为"幸存者游戏"中的幸运儿的人，更是值得投资的。

她们其次是深度阅读者。尤其是邢莉娜女士，创业圈称之"邢老师"，她小时候唯一的爱好就是阅读，如此持之以恒，进而形成了良好的习惯，伴随至今。她在阅读中思考，在思考中下笔，下笔即写出《入世醒语》，全书九十一条经验、认知和六个故事。可以这么说，邢莉娜女士是践行"读万卷书，行万里路，阅无数人"的典范。

加拿大畅销书作家麦尔坎·葛拉威尔在《异数》一书中指出：人们眼中的天才之所以卓越非凡，并非天资超人一等，而是付出了持续不断的努力。一万小时的锤炼是任何人从平凡变成世界级大师的必要条件。这就是著名的"一万小时定律"。也就是说，要成为某个领域专家，需要一万小时（约1.1415525年），按比例计算就是：如果每天工作八个小时，一周工作五天，那么成为一个领域的专家至少需要五年。

九十一条"掌中宝"和六个小故事，就是她们践行了几十个"一万小时定律"的智识产物。之所以称这些经验、认知为"掌中宝",是因为每篇文章都不长,易读,有趣,有思想。无论是对"你到底要什么"追问,吐露"规矩是根本""朋友要分类""压力创造奇迹""不占便宜""不要忘恩负义""扩大心胸格局""与高人为伍"等箴言,还是直陈"知道多了未必是好事""努力未必能成功"等真相,这些来自创业、生活和阅读中的感悟的确让人阅有所获。

无论是她们写的书,还是她们创办的公益项目"邢走社·文化大讲堂",她们一直在做着"智度",自度度他,迈向一个读书人更高的境界。

此为序。

(作者陈楫宝系中国作家协会会员,第九届冰心散文奖获得者,创业投资人)

陈楫宝

2023年1月

目 录

规矩是根本

人生要守规矩，有法度，赢在格局。诚信为本，厚德载物！做人做事，无愧于心！

人生路上只有守规矩才能走得更远！

人们开车走在路上，只有遵守交通规则，才容易规避风险；如果不遵守交通规则，不仅容易撞到别人，也容易被别人撞，后果不堪设想。

人们生活在社会上，只有遵守法律法规，才能积极向上地发展；如果不遵守法律法规，就会受到法律的制裁，名声和信誉就会毁于一旦，严重的话还会被送进监狱。人就算进了监狱也要守规矩，不守规矩也会有更严重的后果。

人们在日常生活中，也要遵守科学的规矩，不要过度进食，否则容易发胖，行动不便，健康就会受到影响；不要太晚睡觉，否则身体容易失衡，病痛就会随之而来。

人们在与人相处时，也要遵守规矩，不要只顾自己开心，而不关注别人的感受；要想得到就先要学会给予，只顾自己而不顾他人，最后只会成为孤家寡人。大气之人可成大事，大度之人可成大业，做人不要斤斤计较，只顾蝇头小利。

自由在于选择

选好想走的路，而不是走好走的路。

什么是自由？自由就是可以随意选择自己想要的生活。比如想去哪里就可以去哪里，想看场电影可以去看，想喝一杯咖啡可以去喝，也可以什么地方都不去，什么事情都不做！这就是选择，选择的范围越广，自由度就越大！正如一首诗所说的："生命诚可贵，爱情价更高；若为自由故，二者皆可抛！"这首诗诠释了自由是多么重要。

一个家庭居住的房子面积如果足够大，亲戚朋友来探访的时候就可以选择住在家里，共享亲情友情之乐，否则就要住酒店。当家里空间足够大时，可以设置更多的功能区，比如，书房、放映厅、茶室，足不出户就可以使用。当然，并不是每天都要使用这些功能，但是想用的时候就能马上使用，这就是选择的自由！所以，这也是许多人对大房子有一种执念的原因。

天下没有免费的午餐，每一个人都需要通过努力来获得生命的自由！有的人从小努力学习，考入名牌大学后进入精英阶层，利用自己所学的知识创造财富并且达到了财富自由，根据自己的需求可以自由选择想要的生活。有的人吃不了学习的苦，由于无知识而只能靠体力讨生活，因而他们工作后几乎没有选择的自由。

生活像首歌

过去的痛苦成就了现在的快乐，现在的痛苦就是未来成长的基石！

唱歌时，歌曲中有低音和高音的部分，低音部分让人感觉神清气定，高音部分让人感觉酣畅淋漓。但是，没有低音的衬托，也显不出高音的奔放。生活就像一首歌，有高音部分的欢快淋漓，也有低音部分的如诉如泣。谁都喜欢幸福快乐的时光，谁都讨厌烦恼坎坷的日子。

如果你满意现在的生活，就应该放下因为过去受过的伤痛而难以释怀的纠结，因为现在的幸福生活和动听的乐曲是与过去的好和不好息息相关的，缺了过去的任何一个音符，可能就无法构成现在这首动听的歌。所以，一定不要纠结自己过去的苦。

　　如果你不满意现在的生活，那就一定要明白，现在正处于生活乐曲的低音部分，只有唱好了低音，才会映衬出未来高音部分的嘹亮，所有的一切都是人生这首歌不可或缺的组成部分。所以，一定不要纠结自己当下的苦。

简单与标准

简单化能提高效率，标准化能提升精准度！人生也一样，要学会做减法。

为了做好事情，就要把握做事情的尺度和分寸。事情的结果将会影响我们的生活，有的事情没做好是因为处理得过于简单，没有达到标准。

比如，一家银行的财务管理系统，需要做到存款不能有任何闪失，每一笔钱的来龙去脉都要清楚。为了实现这个结果，就要用标准化的方式去做，每一个流程、每一张单据、每一个签字、每一份责任，都要清清楚楚，而且必须严格执行流程中的每一个环节。但是，在一个刚开业的小店里，却不能使用这种标准化的财务管理系统，因为在复杂的流程中，每一个环节都需要耗费金钱和时间成本。等复杂的财务流程执行完了，小店就没有时间和精力去挣钱了，结果有可能会倒闭。因此，在创业前期，应该把财务管理简单化，把更多的时间用在经营上。

随着时代的发展，国家对企业的管理也越来越规范和简单了。过去事务审批需要去很多部门办理，流程非常复杂，需要耗费很多的时间和精力。为了让企业更好地发展，行政管理部门简化了手续并且实行联合办公，让企业在一个地方就能办完更多的事情，这种简单化极大地节约了企业运营成本。

坚持与热爱

在期待中坚持，在感动中坚持，在成长中坚持……这样坚持下去，哪里还会是坚持？分明是享受！享受还需要坚持吗？这样就能把坚持坚持下去！

想要坚持做一件事情，首先要明确为什么要坚持，其次要解决坚持做一件事情的困难。因为坚持做一件事本身是一个枯燥、孤独的过程，一开始会因为刚下决心去做，内心充满动力，可能还有别人观望的压力以及做事情的新鲜感，在前进动力的驱使下，很多人能够坚持一阵子。但很多人在坚持的过程中感觉到无趣，动力也就越来越小，最终就慢慢地放弃了。如果把坚持做一件事情的过程变得更加有趣、更加有新鲜感，这样就更有利于把事情坚持做下去，能够在快乐中达到事半功倍的效果。

比如，有的代理商每天积极做着开拓市场的工作，业绩逐步上升；也有的代理商在抱怨，公司里怎么不派人协助开发市场，只是迫于生活的压力还在坚持着。但是积极开拓市场的代理商都挺开心，一边坚持开店一边研究哪个客户能继续开店，当研究出一个新的模式，店长、部分客户都会加入，开店的效率就会更高，成就感就会油然而生。同样是在做代理，但不同的人有着完全不同的感受！

我坚持写《入世醒语》，记录每天在压力中心头一闪而过的感悟，是在不断给自己新的希望，如果每年出版一本书，几年后就能出版一个系列图书，到时就太有成就感了！我觉得这是一件很有意义的事情，会一扫平时的压力。再把《入世醒语》拍成视频或者当作未来围美主播的讲解手册，将是一种文化理念的有意义传播，会影响更多的人，让他们积极向上。

做到心中有数

渴的时候手里有半杯水，但不要急着去倒满杯子，可以先喝了再倒，说不定半杯水就足够解渴啦！

某公司全体员工会议上，为了让每个人做好笔记，给每个人发了一张草稿纸，但分发的每一张草稿纸上都有一半被人写过了。员工拿到草稿纸以后相互看了看都没有说话，有的用草稿纸没写字的地方做笔记，有的用草稿纸的背面做笔记，其中有一名员工用橡皮认真地擦自己草稿纸上的铅笔痕迹，花费了很长时间，擦完以后才开始使用。开完会后，他突然发现开会内容仅仅需要半张纸！就算自己不花时间擦那些痕迹也足够。

　　有时，人与人相处，别人在自己的眼里就像那半张纸，一半干净一半脏，自己总希望花费大量的时间来找到、指出、改正对方的缺点，让自己好好和他相处。如果换一种思维与人相处，相互欣赏对方的优点就会给双方带来无尽的快乐。

做事的"密度"

每天多做一点点，一年365天下来，就是一个大的飞跃！

同样大小的两个杯子，一个杯子里装着柠檬水，另一个杯子里装着柠檬汁，请问哪一个杯子里的维生素C更多一些？答案人人皆知。在同样容积的杯子里，当然是装着柠檬汁的杯子里维生素C更多，因为柠檬汁的浓度更高。如果你需要更多的维生素C，在杯子大小不变的时候，即可通过改变杯子里液体的浓度来获得。

比如，一天24小时，对于每个人都是公平的。尽管我们不能决定一天时间的长短，但是我们可以决定每天做事的"浓度"。做每一件事情都提高效率，就能在相同的时间内处理更多的事情，无形之中做事的"浓度"就提高了，或者在一段时间内同步进行几件事，也能让做事的"浓度"增高，效率倍增。

只有每天做事的"浓度"增高，每周做事的"浓度"才会增高，才会使每年做事的"浓度"以及一生做事的"浓度"变高。很明显，做事"浓度"高的人过一辈子的经历与感悟，相当于做事"浓度"低的人过了好几辈子！

利他就是利己

换个思维考虑问题，做事只有利他才能利己，对方得到满意的结果，关系才会长久和持续，形成自己的磁场才会散发更强大的人格魅力。

怎样才能更好地和他人相处呢？首先要有利他思维，也就是俗话说的"帮人就是帮自己"。当我们和他人相处的时候，每做一件事情都想着先为他人，后为自己，多为他人，少为自己，并且能够做到心里的想法、嘴里的说法和实际的做法一致，别人就会感觉到我们是来帮助他们的，就会发自内心地喜欢我们，愿意和我们相处。如果能做到这样，人与人之间不就好相处了吗？

和他人相处的时候，只要我们多用利他思维，说出利他的话，做出利他的事，就容易得到他人的认可、欣赏甚至追随。

当你"全心全意为人民服务"时，人民就会爱戴你；当你"先天下之忧而忧，后天下之乐而乐"时，老百姓就会支持你；当你为中华民族之复兴而奋斗时，就能振臂一呼，应者云集。

走入他人的世界

只有走入他人的世界，才能拥有完整的世界！

我们生活在人群当中，需要更好地融入这个群体，通过各种与他人之间的交换提升自己的生活品质，交换的效率和品质影响着我们的生活状态。只有更好地提升自己的认知，更深入地了解他人，才能走入他人的世界，共同发展。

对于我们来说，他人并不是指一个人，而是很多不同的人，一个群体。有的人性格内向，有的人性格外向，有的人聪明，有的人愚钝，有的人心善，有的人心恶，有的人心胸开阔，有的人内心狭隘，不同的人有着不同的性格、不同的喜好、不同的需求，所以我们在和不同的人交往时，就要走进不同人的内心世界。

　　为了走进不同人的内心世界，需要学会走进不同人内心世界的各种能力。不管对方是什么人，我们都能找到一种方式进入他的内心世界。当我们走进一个人的世界，如果发现自己喜欢他的世界，就可以和他交往，而且很容易和他成为好朋友。如果发现自己不喜欢他的世界，可以选择不和他交往。

步调一致

在群体生活中，可以放下自己的习惯和喜好，以大家的标准作为做事的准则，就能做到合拍。希望每一个人在群体中都能做到与他人步调一致。

在合唱的时候，每一个人都要按照节拍唱，这样唱出来的歌曲才会好听，如果有一个人不按照节拍唱，整体听起来就会十分杂乱，大家就会不喜欢那个不合拍的人。

在一次美丽节上，公司组织军训，全体员工排成一行正步走，其中有一人总是左右分不清，大家抬左腿，而他抬右腿，最后不但他自己被教官批评，而且害得大家跟着多训练了好几次，这就是生活中的不能步调一致。

　　人生活在社会中，很多事不是一个人做而是大家一起做，所以我们最好是做一个懂得与大家配合的步调一致的人。要融入群体，才能与大家步调一致，不能步调一致有可能会被大家孤立，还会被大家嫌弃。

　　无论我们从事何种行业，一定要做到与大家步调一致，只有这样才能把事情做得更好，给人带来更深刻的印象。如果不注重与他人保持步调一致，最终会成为事情的破坏者和麻烦的制造者。

奇怪的消费逻辑

打破固化思维，突破制约自己的瓶颈，才能使自己的事业发展有一个质的飞跃。

一座城市的发展，"硬件"要过硬，"软件"不能软。大家一起创建文明城市，推动城市全面进步。一个城市的"软件"，包括居民素质、公共秩序、政治生态、人文环境、体制机制等诸多子项，这些子项的总和就是城市文明。"软件"的问题，更多还是由"软件"的内部因素引起。

目前，大家日常生活中是离不开手机的，手机是硬件，是承载各种软件的载体，没有软件的手机就是一个废品，无法发挥其任何功能。只有各种软件能够正常运行，才能直接帮助我们提升工作效率，改善生活品质。但在现实生活中，每个人都更愿意投资硬件，而不愿意投资软件。很多软件都有免费和收费两个版本，收费的软件功能更加强大，更能帮助使用者，但是，没有几个人愿意购买收费软件。是因为软件很昂贵吗？不，很便宜。所以，不是消费者买不起，而是消费思维出了问题，是消费者根本没有这个意识。

就像我们花钱加盟开店一样，店铺装修不错，只有在开业前进行一次学习，每年也不用复训，但很多人却不愿意参加。相当于买了一部配置很高的手机，用的是免费软件，但真正帮助我们的不是手机，而是手机里运行的软件。开店不是目的，真正要的是开店以后生意的红火，只讲究在装修上投资而不注重店面的运营又有什么用呢？很多店铺老板只愿意加盟项目，却不愿意花钱培训员工，最后导致经营不善而被迫关门歇业。

冰 与 水

做人要减少冰一样的棱角，多一些水一样的温柔。要有适应环境的能力，要有接纳别人的心态。

一块冰，有棱有角，很难找到一个完全适合自己的容器。

而水则不然，遇到方形容器水就是方的，遇到圆形容器水就会变成圆的，不会出现碰撞和损伤！

其实，冰和水与容器的匹配，就如同我们与外界的人、事、物相处的状态，容器就如同我们的外部环境，也就是外部的人、事、物。

当让自己成为冰的时候，自己就会过于自我，这样的人往往爱挑剔一切事物，喜欢指责外界的人不好、物不好、事不好、环境不好！这样的人时常会感觉到自己受了委屈，受了伤害。因此，他会不断尝试改变外部环境，希望借此改善自己内心的感受，但却总是失败！

当让自己成为水的时候，结果就大不一样了。无论自己和谁在一起，都会成为他那样的人；无论环境怎样，自己都会适应各种环境；无论遇到任何事情，自己都能用心接纳，瞬间一切都变得美好了！

效　率

从现在开始，让我们选择每天都有计划地安排事情，相信不久的将来会有精彩的人生！

从长远来看，一个有效率感的人和一个没效率感的人，在事业上的差距是极大的，特别是在当前知识大爆炸的时代，没有敏锐的效率感，是不可能做好自己的。

每天二十四小时，对于每个人都是一样的，绝对的公平，但是，每个人的人生却有着巨大的差别。其实，这些巨大的差别来自每个人做事效率的不同。曾经有这么一句话："所谓天才，只不过是把别人喝咖啡的工夫都用在工作上了。"

每天的时间好比一个卡车的车厢，一件事就好比一块砖，如果我们把砖随便一块一块地扔进车厢，看起来车厢被装满了，其实因为砖和砖之间有很多缝隙，浪费了很多空间，最终也没有装够相应的数量。如果能把砖一块一块地整齐排列好，空间使用率会特别高，这样车厢就会装足够数量的砖，空间使用率就会得到极大的提升。

其实人做事和车厢装砖的道理相同，如果我们每天随意地做事，看起来一天挺忙的，其实做不了几件事。但是，如果能提前做好计划，按照计划做事，就能节约更多的时间。一天随意地安排和有计划做事看起来差别不大，但是，一个月、一年、三年、十年之后，就会有巨大的差别。

说 "道"

只有做个合道的人，遵循人和人、人和自然、人和万物相处之规律，才能更好地融入社会，活出精彩的人生！

什么是道？道就是万物运行之规律。天地星辰依此规律存在，自然万物依此规律而生，人作为万物之灵当然要依此规律而存活！

人一定要遵循运行之道，比如，遵循春夏秋冬四季变换的规律，什么季节就做什么季节应该做的事，瓜果蔬菜就要吃应季的，尽量不要吃反季节瓜果蔬菜，更不要吃转基因食品，因为这些都违背了自然规律。人也要遵循日出日落的时间调整每日作息，做到早睡早起，千万不要熬夜，因为熬夜的习惯对身体健康非常不利。

　　人还要遵循人和人的相处之道，做到仁、义、礼、智、信，只有严于律己，宽厚待人，才能更好地在社会中生存。不要以为一两次的偷奸要滑得逞了就可以次次偷奸要滑，不是每个人都那么容易受骗。欺负了别人，占了别人的便宜，迟早有一天是要还的。身正才不怕影子斜。

　　在人生路上行走，就好比"灵魂"这个司机开着"身体"这辆车在路上行驶，要注意把车开在固定的车道上，不能随便换道，如果随便换道很容易撞车。另外，还要遵守交通规则，只有这样才能保证行车安全。

空间的意义

希望每一个人的肉体和精神都能生活在更大的空间里，体验到更高境界的生命意义和价值！

选择居住的房子时，如果是一家三口住在一套一室一厅的房子里，就会感觉到很拥挤，并且关于房子空间的很多功能设想都不能实现。比如，单独设置书房、茶室用来读书、品茗。房子的面积限制了我们的生活需求，所以，大家都喜欢住在大一点的房子里，甚至想住在宽敞的别墅里，有大大的阳台、私人花园、书房、茶室、放映厅、健身房等，这样生活的品质将会提高很多，住房面积的充足也让生活有了更高的享受。但是，小房子便宜，大房子贵，别墅更贵！付出的代价自然不同。

心灵的房间，不打扫就会落满灰尘。蒙尘的心，会让人生变得迷茫。我们每天都要经历很多事情，开心的，不开心的，都在心里安家落户。心里的事情一多，就会变得杂乱无序，然后心也跟着乱起来。有些痛苦的情绪和不愉快的记忆，如果充斥在心里，就会使人萎靡不振。所以，扫地除尘，能够使黯然的心变得亮堂；把事情理清楚，才能告别烦乱；把一些无谓的痛苦扔掉，快乐就有了更多更大的空间。人，要量力而行，该放就放，当止则止，才能在轻松快乐的节奏中，收获真正应该属于自己的那份成功。

我们的肉体生活在一个可以看得见的空间里，我们的精神生活在另一个无形的空间里，同样的道理，精神空间越大，我们的精神生活就越丰富。更大的精神空间需要付出更多的时间代价，一旦付出了，我们的精神世界就能更加自由，就会拥有更多财富和更多选择。

拉开架势

一个人在创业路上，如果拉开架势，成功的概率就会提高！

"架势"此处专指那种奋力的姿态，形容拼尽全力的样子。在某些特定情况下，"拉开架势"有表示决斗开始的意思。

一只斗鸡正在场地里悠闲漫步，突然另外一只斗鸡被放到场地里，两只斗鸡立刻竖起了羽毛，张开翅膀，鸡头向前死盯着对方，拉开了战斗的架势。因为斗鸡都知道，要想取胜必先取势！

记得在2020年的美丽节上，有一个项目是手劈3厘米厚的木板，在比赛开始之前参赛者就拉开了架势。比赛要开始了，每个人都极力做好准备，弯腰蹲马步、打开手臂。

　　人生路上谁不想成功？但是，在追求成功之前很多人都没有做到拉开架势。那么，什么是成功之势呢？就是拥有学习力、创富力、领导力。学习力就是指人有开发大脑潜能的能力，能使逻辑思维能力、计算能力等强大起来。创富力就是指人拥有创造财富、驾驭财富、整合财富、增加财富的能力。领导力就是指人拥有指引方向的能力，胸怀大志，有责任感，有担当精神。

　　另外还需要具备什么条件呢？一种是人力的支持，能让更多人跟你一起干；一种是资本财富的支持，能吸引大量资本投资；一种是客户的支持，能感召大批客户追随或者购买。

你到底要什么？

想一想，你到底想要什么？

人要想活得精彩，获得成功，活得有价值，就需要物质和精神同时富有。比如，财富、成就、知识、地位等。但是，这些能让我们人生多姿多彩的东西，都需要通过辛苦付出来获得。

每个人都想成功，但获得成功所需要的东西都堆在一个仓库里，比如辛苦、磨难以及很多的成功。但成功都堆在仓库的最里面，要想把成功拿出来，必须先搬开前面的辛苦与磨难。

辛苦与磨难比较重，而且扎手，一不小心就会弄伤自己，有些人在搬动的时候感觉受不了，太疼了，于是就放弃了。如果你问他们为什么不搬了，他们会说，因为太疼了，所以放弃！当然，还有一些人正在坚持，他们在搬动"辛苦与磨难"的时候，尽管手被扎破了，流了很多汗和血，但是还在努力坚持。如果你问他们，你们不疼吗？为什么不停下来歇一歇？他们会说，因为我想要成功，所以我要坚持！

　　每个人都走在人生这条路上，但是，却有着两种不同的人生态度。一种是我怕疼，这种人生态度可能会引导人走向普通、贫困甚至悲惨，避开的是面前的小痛、短痛，迎来的是未来的大痛、长痛，失去的是人生的大富大贵；另一种是我想要，这种人生态度可能会引导人走向成功、卓越甚至伟大，承受的是面前的小痛、短痛，避开的是未来的大痛、长痛，迎来的是人生的大富大贵。

朋友要分类

人一旦落难，身边难免有人落井下石，围观嘲讽。此时，那几个一直没有抛弃你的朋友，那些弥足珍贵的宽慰鼓励，可以说价值万金。人生如梦，谁都有遇到坎儿的时候，落难见人心，感谢那些一直站在身边的朋友！

朋友会把关怀放在心里，把关注藏在眼底；朋友会与你相伴走过一段又一段的人生，携手共度一个又一个黄昏。朋友会在你悲伤无助的时候，给你安慰和关怀；在你失望彷徨的时候，给你信心和力量。一个人在生活中遇到磨难的时候，往往能通过磨难看出身边朋友的素质。

当你在生活中遇到困难的时候，就像被一只狗追着咬，各类素质不同的朋友的表现各不相同。

第一类朋友会挺身而出，不等狗咬到你，就一脚把狗踹开，就算自己被狗咬了还会让你快走不要管他，这类朋友是能以命相交的朋友。

第二类朋友会告诉你赶紧跑，别被狗咬到。他还会告诉你：我帮你跟狗谈谈，尽量让它不使劲咬你，不过需要你给狗割点肉。这样的朋友两边做好人，谁都不得罪。

第三类朋友一看到狗来咬你，赶紧躲到一边，生怕狗误咬了自己。他躲在一边静静地看着热闹，谁赢了他就跟谁混。

第四类朋友一看到狗来咬你，不禁欢呼雀跃，心里美滋滋地想，看你嘚瑟，被狗咬了吧！背过身去，他还给狗点了个赞，支了个招，告诉狗往你哪里咬才最狠。

"不公平"的世界

遇到"不公平"对我有利，我就抓住机会；遇到"不公平"对我不利，我就赶紧避开。千万不要纠结在"不公平"的情绪之中，既然事情已经发生，不如顺其自然！

这个世界公平吗？当然不公平！这个世界有绝对公平的事吗？当然没有！连奥运比赛中，运动员都存在位置不同、出场先后不同的情况。所以，这世上只有相对公平，没有绝对公平。

你被你的爱人背叛了，别人却跟你的爱人生活幸福；你被公司辞退了，别人却在公司里混得风生水起；你没有生在富裕人家，你所受到的教育、所享受到的生活，就可能会比一些富二代差很多；你没有高学历，哪怕你的能力与具有高学历的人能力相同，你也不一定会得到老板的重视。这个世界真的很不公平，起码对你来讲，是不公平的。

听到这样的观点，有的人可能会感觉有点消沉，但智慧的人都知道，只有在"不公平"的状况之中才能更好地找到成功的途径。

不公平的事，给我们带来的最大伤害并不是不公平本身，而是在遭遇不公平的过程中，内心产生的负面情绪。

快速成长

比较在人类的生存进化中起到了重要的作用，正是通过和其他人进行比较，我们才能发现自身的优点和缺点，通过扬长避短来实现自己的价值。绝不能因为自己出了问题就非常自然地说："人非圣贤，孰能无过。"

乌龟为什么要有壳？当然是为了保护自己。但是，穿着重重的"保护套"过一辈子，也够累的！脱了"保护套"会怎么样？乌龟将失去保护，但是，也可以因此而跑得快一点，遇到危险时，还可以迅速逃离。

这个世界上有钱、有权、有实力的人很多，如果我们总爱比较，就会觉得自己没钱、没权、没实力，感觉自己好像没自尊、没人格，简直卑微得不能活了。

　　为了内心的平衡以及不受伤害，很多人为自己造了一个用来保护自己的壳。遇到有钱有势的，会为别人的成功找出很多原因和借口。虽然这些原因和借口像蚕茧一样保护着自己，让自己内心得到一时的平衡，远离了对比产生的伤害，但也远离了和成功人士的交往，远离了成功的机会。

　　壳在发挥其保护作用的同时，也让我们成长得更慢。所以，不如考虑脱掉这身"保护套"，主动跟更有实力的人交往，放低自己的姿态，吸收信息，聚集能量，快速成长，缩减差距！

找回缺失的地图

打破传统思维，注重学习、分析、尝试的做事方法，从根本上找到处理事情的方向，既要充满自信，也要虚心学习。

我在家乡长大，熟悉家乡的每一条路，并形成一套自己的认路方法。但是，当我用家乡的认路方法来指导自己走世界的时候，我依然会迷失。因为世界真的太大，有太多的地方我没有去过，不适合使用我熟悉的那套家乡的认路方法！

每一个人在成长过程中都会形成自己某一方面的经验，并且相信它是对的，但是，如果仅仅凭借自己的经验走世界，是行不通的，因为有太多的事情我们并不了解！

那么，我们万一迷失了该怎么办呢？其实很简单，我们熟悉的事情要自信地去做，不熟悉的事情要学习，不要对新的事物轻易做判断、胡乱下结论、随便贴标签！要带着学习、尝试的心态面对世界上那些我们不熟悉的地方，去面对我们没有经历过的事物。当遇到解决不了的问题时，不要封闭，不要逃避，不要恐惧，不要攻击，不要拒绝！再困难的局面，只要我们积极面对，都会有解决的方法。

消　费　人

让我们心里的消费人健康起来，做到合理消费，计划消费，理性消费，这样才能过上好日子！

在超市买东西排队买单的时候，碰上一位认识的女士，推着一大车东西。我问她："您买这么多东西，都是计划要买的吗？"她回答说："没什么计划，看到打折的就多买点儿，看到喜欢的就拿几个。"她买单的时候我仔细看了看，发现很多东西都是可买可不买的！

每个人心里面都住着一个消费人，若是那个消费人长得胖就可以认为是不会节制，消费人的体型好就是懂得合理花钱。他们消费不理性，胡乱花钱，随着性子来。就像有些人吃东西的时候随着喜好乱吃，随时随地吃，身体不肥胖才怪。要想减肥就要理性吃东西，不该吃的东西不吃，不该吃的时间不吃，对身体不好的东西不吃。消费人这个大胖子必须要减肥，所以一定要控制消费，不该买的不买，不该多买的绝不多买，要有计划地买东西。这样，消费人才会瘦下来，体型才会正常。

有几个帮助消费人瘦身的方法分享给大家。一是每天记录开销，每一笔都记录下来，一个月后分析消费，列出哪些是不用买的，下个月就要克制自己不再购买。同时，列出哪些东西买多了，下个月控制购买量。坚持几个月后，就会更加合理地消费。

还有一点，就是不要认为自己钱多就可以乱消费，有钱也不能大吃、乱吃，那样最终会吃坏身体。有财富如果无节制地消费，最终也会导致破产。

自卑的真相

每一个人都是独一无二的，都有自己的特点。相信，我就是我，可能我不是最好的，但也不是最差的。我们要学会接纳自己，好好地爱自己！

在工作中，为什么有些人做得很好却不敢公开分享？为什么有些人分享的时候会感觉很紧张？因为担心自己说不好，害怕听众会看不起自己。为什么害怕别人看不起自己？因为他们无法接受一个在别人眼中不好的自己。为什么他们无法接受别人眼中不好的自己？因为他们自卑，自卑就是自己不能完全地接纳自己，在自己都不能接纳自己的时候，就需要借助别人对自己的接纳来支撑自己。如果别人也不能接纳自己，他们就会感到无地自容。

　　这就是为什么自卑的人不敢突破自己，不敢尝试新事物，不敢犯错，因为他们已经不接纳自己了，只能依赖别人对自己的接纳而生活。如果别人也不接纳，他们依靠什么力量在社会中生存呢？

　　自信的人为什么胆子大？因为他们完全地接纳自己，无论怎么失败，他们都能接纳，都能振作起来，所以，他们不在乎别人是否认可，他们不依赖别人的认可而生活，这就是自信的人胆子大的原因。

平台与能力

错误的认知会导致人的膨胀，会让人自以为是，狂妄自大，最终断送前途。如果我们在成功的路上迈出了一小步，千万要冷静，要分析成功的因素可能并不完全是自己的能力，并因此谨慎行事，不要轻易丢掉原本握在手中的好牌！

这个世间，一定有很多有才华的人，但因为没有找到发挥的舞台，然后一生默默无名，掩于平凡之中，就如同千里马没有遇到伯乐，而在群马之中终老。所以，一个人，要善于借助平台的力量、团体的力量，成就自己，而不是没有限度地逞个人英雄主义。有些人的人生之路一帆风顺，得到了超过同龄人的地位、财富和名誉。这些人往往会骄傲或得意忘形，自以为能力超强，感觉不可一世，经常摆出一副凌驾众人之上的模样。

为什么有些原来看起来挺有能力、挺有影响力的人离开原有的平台或再次出发后就很难成功呢？原因是他们高估了自己的能力，错误地判断了形势。

首先，错把平台当能力，这是最容易犯的错误。当一个人跟着高速成长的平台一起成长时，平台会把他抬起来，树立他的形象，扩大他的影响力，帮助他把握住更好、更多的机会。虽然个人有成长，但是更多的是平台助力产生的结果。一旦个人忽视了平台的作用，就会判断错误。

其次，错把机遇当能力。当潮流到来的时候，就是不会游泳也能被冲上浪尖。就像当年暴涨的股市、楼市，只要买就能赚。但是，千万不能把浪潮和趋势的力量当成自己的能力。机遇是在特定时间出现的，时间一变，机遇一过，人就可能力不从心！

　　最后，就是错把资源当能力。就像打扑克牌，满
手抓的都是好牌，随便打就赢了。有的人赢了以后，
以为自己是打牌的高手，其实只是牌好而已。有的人
在父母的支持下获得了成功，但绝不能把这当成是自
己的真正实力。

压力创造奇迹

人生在世，难免会面对各种各样的压力，你一定要懂得调整自己。当压力向你袭来时，你会发现，压力反而是一种动力，有了压力我们才会成长，有了压力，才会铸就更辉煌的人生！

一个人的成长需要适度的压力存在，只有适度的压力才能让我们不断进步，不断拥有成功的喜悦，健康地成长。因为有压力，我们才能有更高的目标，我们才会为实现这个目标而不断进取，不断奋斗，乃至登上胜利的巅峰。让我们将压力转化为动力，使之成为我们进步的动力源泉，促使我们不断前进，当我们成功地把压力释放之时，就是我们成功之时！

众所周知，子弹只有放进枪膛里发射出来才能发挥它的威力，如果把子弹放在仓库里则只是一块金属而已！

其实，每个人都好比是一颗平常的子弹。如果我们能把自己放在适当的压力之中，就能成就了不起的事业；如果把自己置身于压力之外，则可能会成为一个一事无成的人。俗话说"狗急了会跳墙"，其实，人急了往往也能创造奇迹！所以，我们要学会在目标面前给自己施加一定的压力。

压力分为外压和内压。我们当众做出某种承诺，让大家监督自己从而逼迫自己努力实现目标，这种类型的压力是外压。当人饿了，主动去找食物来填饱肚子，这是一种来自内心需求的"内压"。只要我们明确自己的需求，激发自己的欲望，通常就能产生内压。

只要在压力的推动下，再加上正确的方向，有效的方法与工具，适合的时机、人力、物力条件，想不成功都难！

茶杯与茶壶

放开视野，从更加广阔的角度看，原来万物之间都相互作用、相互影响，都共存于世间。我们身在其中，一定要怀着感恩之心，感恩万物与我同在，感恩人生路上有人陪我同行，感恩所有的一切。

早上泡了一壶茶，当我拿着茶壶向茶杯倒水的时候，突然感受到一种莫名的感动，眼睛不知不觉有了一些湿润。我看着茶杯，觉得它好像正静静地等待茶壶把茶倒进它的空间里，装满茶的杯子好骄傲，满满一杯茶证明了它的价值。其实是茶壶在成就着茶杯，茶杯好幸运，拥有一个爱它、帮它的茶壶，茶杯深深地感恩茶壶。

其实，这个杯子跟我们一样，我们小的时候，有父母这个茶壶给我们倒茶，成就着我们，我们应该感恩父母。我们长大后，遇到自己生命中的贵人茶壶给我们倒茶，帮助我们，我们也应该感恩那些帮助过我们的人。

当我看到有杯子愿意装茶壶倒出来的茶水，真心为茶壶高兴。没有杯子，茶壶里的茶往哪里倒呢？茶壶好幸运，能有杯子让它好好地去爱。没有杯子，茶壶存在的价值怎么体现呢？我心里想起了爱人、孩子，还有年迈的父母，特别感谢他们需要我的爱，让我去爱他们；没有他们，我的存在又有什么价值和意义呢？

狮子和小羊

愿天下的有情人，走出自己的世界，走进所爱之人的世界。学会爱，传播爱！

在一座森林里，狮子很喜欢小羊，小羊也很喜欢狮子，它们像家人一样友好相处。

狮子很想对小羊好，它把最好的肉留下来给小羊吃。小羊看了一眼，说道："我不吃！"狮子很伤心："我对你这么好，你怎么可以这样拒绝我？"

小羊也想对狮子好，它把最嫩的草留下来给狮子吃。狮子看了一眼说："我不吃！"小羊很伤心："我对你这么好，你怎么可以这样拒绝我？"

夫妻之间以及父母和孩子之间的相处，与狮子和小羊之间的相处极为相似。他们都活在自己的世界里，用自己以为的"好"对待别人，走不进别人的世界，还觉得是对方不理解自己的苦心和爱意。

其实，真正的爱是投其所好，相互之间满足需求。比如，小羊给狮子喂肉，狮子给小羊喂草。

我们总会存在这样的心理，自己觉得这样做很好，然后，就会把这种所谓的"好"强加于他人身上，也要求他人这样去做。人和人是不一样的，我们不能把自己的喜好生硬地套在别人身上。如果能掌握虚假同感偏差这个道理的话，就可以令自己走出许多误区，生活中也能避免做出"费力不讨好"、令对方无法接受的荒唐举动来。

感恩的心

怀着一颗感恩的心，去看待你周围所有的人。感恩鼓励你的人，是他们，让你信心十足。感恩传授给你知识的人，是他们，照亮了你前进的道路。感恩哺育你的人，是他们，让你衣食无忧。感恩帮你忙的人，是他们，给了你站起来的力量。

人来到这个世界上，首先要感恩父母，没有父母就没有自己的生命，父母是一生都要谢恩的人。人生路上还会遇到很多人，我们要怀着感恩之心与他们相处。有三种人要感恩，要珍惜，更要拜谢。拜谢是最高境界的感恩。

第一种，是危难之中伸出援手的人。人生路上难免遇到各种天灾人祸，各种病痛危机，一旦遇到，只依靠自身的力量可能难以应对。如果有个好心人能伸出援手，拉我们一把，就能把我们从坑里拉出来，这样的人就叫救命恩人。遇到救命恩人一定要拜谢，要发自内心地感恩别人对我们的帮助和救援。比如，在我们最困难的时候，能借钱给我们的人，不仅要还钱，还要多还一些。

第二种，是国难之中挺身而出的人。当国家遇到危难，民族面对生死存亡，人民遇到危险的时候，那些能不怕牺牲挺身而出的人，比如新型冠状病毒感染疫情时的白衣天使，他们就是英雄，没有国家的安全，哪有我们的幸福生活？所以，对于这些英雄，我们一定要感恩，拜谢他们，铭记他们！

第三种，是在黑暗之中给我们带来光明的人。当我们在人生路上走偏了，走进人生死胡同的时候，仿佛四周都是黑暗，没有了希望，这时候某个人的一席话点醒了我们，让我们在黑暗中看到了光明，让破裂的家庭关系融洽和睦了，让事业起死回生了。对于这些指路人，我们一定要拜谢，一定要感恩他们给了我们方向和智慧！让我们的生活变得更美好！

车 与 人

人生最大的财富就是健康、快乐。多运动提高自己的抵抗力是保持健康的重要条件。请珍惜健康，然后，再好好地创造并享受那绚丽多彩的人生吧！人生最大的错误，是用健康换取身外之物。

如果你拥有一辆车，下列两种使用方案你会选择哪一种？

方案一：每天把车擦得干干净净的，放在车库里天天欣赏。

方案二：坐进车里，把车开到自己想去的地方。

我相信大部分人会选择方案二，让车为自己服务，载着我们去想去的地方，而不是让自己成为车的"仆人"，把车"供奉"在车库里。

其实，这辆"车"就是我们的身体，我们的精神世界就是能驾驭这辆车的"司机"，但我们常常忘了让"车"为"司机"服务。

有的人为了养生而养生，每天都为身体服务，精神世界成了身体的仆人。有的人却用身体承载着精神，实现了精神世界的目标。

当然，为了远行，车要保养，要加油；为了梦想，人要保健，要休息。人生在世，生而为人，要让自己动起来，才能让自己有一个健康的革命本钱。有健康的身体，才有健康的精神。

生命只有一次，人生只有一回。你会选择让身体为精神世界服务，还是让精神世界为肉体服务呢？

时刻准备着

人们假如不能利用机会，机会就会随着时光的波浪流向茫茫的大海。学会对事物保持兴趣，当付诸行动时，你会觉得有无限美好的未来在等着你！

冲浪运动员在浪尖上滑行的一刻是最让人兴奋的。他们踩着冲浪板，随浪而行，给人一种潇洒飘逸的感觉。但是，在震撼人心的画面出现之前发生了什么呢？冲浪运动员得趴在冲浪板上漂在水面，静静地观察和等待。一旦发现有浪要起来了，双臂立刻拼命划水，迎浪而去。等浪过来的时候，冲浪运动员立刻站起来，顺着浪滑行，展现出激动人心的一幕。

在浪起来之前，冲浪运动员为什么不在沙滩上等着，而要漂在水中呢？有人说，那是因为在沙滩上来不及呀，浪起来的速度很快，就那么十几秒钟，错过一秒就失去机会了，当然不能在沙滩上而是要在水面等待随时出发！

　　说得太对了，很多人一生都成功不了就是因为等在沙滩上！大海中的浪就好像是在人生中出现的成功机会，当机会还没有出现的时候，也不能躺在床上睡懒觉，温暖的被窝不就是沙滩吗？为什么不学习呢？我们只有锻炼好自己的能力，提升自己的能量，才能为随时出现的机会做好准备！等机会到了，我们赶紧行动，拼命抓住机会，这时候不要在乎钱，不要在乎得失，一旦因为顾虑错失了机会，就会一辈子后悔！

　　把握机会还要注意随时观察机会是否出现，就算做好了准备，在机会到来的时候，如果没有觉察到，准备再充分也没用。

沙漠里的水

爱在别人需要时给予，更能让他人印象深刻！

水在地球上什么地方最珍贵？当然是最缺水的地方，如沙漠。在广阔无垠的沙漠里能得到水无异于得到了珍宝，而在水资源丰富的地区，一瓶水又有谁会珍惜呢？

沙漠里的水难道没有给我们带来人生的启迪吗？我们给别人的爱对别人的价值有多少，是不是也和水的价值一样呢？当别人拥有很多爱的时候，我们的爱对别人的价值就像大河里的一捧水，当别人拥有的爱像沙漠中的水一样稀少的时候，我们给他们的爱是不是就相当有价值了呢？

如果我们希望给予人的爱更有价值，那就在他们人生的沙漠期多给爱，比如，当他们身体不舒服的时候，当他们的生活遇到磨难的时候，当他们生活在缺爱的环境中的时候，这些状况都属于沙漠期，这时候传播爱的效果会特别好，给人的美好感觉会让人印象深刻。

如果我们希望家庭更加和睦幸福，那就主动给家人爱，不要让他们缺爱。当每个人的内心都是爱的绿洲时，家庭就会更加和睦，生活就会更加幸福。

感恩贵人

感恩是一种生存智慧，感激他人能力的成长，是一个人维护自己的内心安全感和提高幸福感必不可少的。

在一个宝石加工作坊里，一筐石头被搬了出来，放在石匠的工作台旁。石匠用手电筒一块一块地照着，有些石头怎么看都看不出价值，石匠把这些石头放在一边，不再管它们。有些石头照的时候里面有美丽的色彩，可能是宝石，石匠把这些可能是宝石的石头放在工作台上，开始认真地打磨。

石匠把石头往打磨机上一放，火花四溅，石头疼痛无比，大声叫喊："为什么你收拾我，而不管地上的石头？"石匠说："因为你是宝石，我才打磨你。地上的烂石头没有价值，打磨它们浪费时间。"石匠接着又说："小石头呀，你看看我的面前有多少石头，而我只有一个人，我能把时间精力花在你的身上，你应该高兴才对，如果你不愿意被打磨，不愿意变得更好，那我就帮助别的石头啦！"小石头说："我明白了，你对我的打磨是在帮我，那些你碰都不碰的石头是没有价值的。我一直心里不平衡，不明白为什么你只让我受苦，现在我明白了。"

一个公司里有很多的人，奇怪的是，老板会关注一些员工，常常批评他们，说出他们的缺点。这些被老板批评的员工心里很难受，为什么老板总批评我不批评别人？甚至因此还讨厌老板。老板只有一个，员工有很多个，老板愿意批评打磨没有潜力的员工，还是愿意批评打磨有潜力的员工呢？

石匠打磨石头只是一个过程，打磨好了就不会再让宝石吃苦了。老板打磨员工也是一个过程，等打

磨得优秀了，成才了，就不会再批评了。在被别人打
磨的过程中我们要坚持住，不仅不要讨厌打磨自己的
人，还要感恩他们为打磨自己耗费了时间。

价　值

　　每个人都渴望成功，都希望能在职场上不断提升自己的地位。但升职的机会并不会从天而降，只有不断地努力和学习，提升自己的能力，才有可能获得升职的机会。换言之，升职从你的升值开始。

　　人一生的价值，不应该用时间去衡量，而应该用创造的价值去衡量。如果你觉得你的价值完全取决于别人的看法，那么一旦别人不再施舍赞许，你便一无所有，你就会觉得自己一文不值。无私的奉献不仅可以帮助别人，也会在无形中提升自己的价值。价值不等同于付出，但是付出却可以换来价值。

　　你知道在职场中你值多少钱吗？如果你是员工，

你一定要知道自己在职场中值多少钱，你只有对自己的价值有真正的了解，才能更好地保护自己！

和大家分享一个计算方法，用来估算一下自己的职场价值。

如果有一天老板心里想着要辞退你，老板可能不会立刻就让你走，因为他要做好准备，避免让公司受到损失。于是，老板花了300元做招聘广告，招到人后花了两个月培训新员工，给新人发了6000元工资。如果培训的新人和你的业务水平差不多，可以顺利地取代你，接替你的工作，不会给公司带来任何损失，在这个替换你的过程中，老板花费的金钱总和就是你的职场价值。

职场价值越高，你就越安全，职场价值越低，你就越危险！所以，认真评估一下自己的价值，然后，想尽一切办法提升自己的职场价值！

问 对 人

问问题，先要选对人。选了解这个方面情况的人，能够从他们身上得到有用的信息。了解事情的底层逻辑，找到正确的方法论，就可以清楚地找到问题的答案。有时候不要想太多，而是要去行动，在行动的过程中，不经意间可能会产生灵感，然后找到你想要的答案。

在饭店吃饭的时候，邻桌坐着一个人，过了一会儿，另一个人把单车停在饭店门口，进来在邻桌坐下，看起来两个人很熟。

不一会儿，听到他们聊天，第一个人告诉第二个人自己想买一辆车，要听一听他的意见。第二个人说："别买了，停车费那么贵，而且加上汽油、保险、维修费，那得花多少钱啊！别买了，我这是为你好呀！"
第一个人点点头，说道："挺有道理的，那以后再说！"

这样类似的对话场景在我们的生活中很常见，我们在面对选择自己拿不定主意的时候，往往需要借鉴朋友的意见。

然而，这是生活中的一个误区：我们往往喜欢问我们相信的人，而不去问有能力回答问题的人。而我们所相信的人也陷入了一个误区，他们不管自己有没有能力回答，总用自以为是的态度，打着爱的旗号引导我们胡乱决策！

这就是问错了人！我们遇到事情需要借助外力决策的时候，必须知道任何事情背后都有三种人：第一种是根本没有做过这类事情的人，他们是没有能力回答这个问题的；第二种是做过类似的事情但失败了的人，他们只会传播负面、消极的信息；第三种是做过类似的事情并成功了的人，在确定没有利益冲突的情况下，这类人能给我们相对正确的建议！

选择的差距

当下社会太多的诱惑和困苦，没有一定的能力和定力，是无法突破自己并改变人生的。我们在人生每一个十字路口都面临抉择，一旦做出选择，唯有用自己的能力和行动证明选择没有错。我们不应该被命运掌控，而要自己去主宰命运，这才是新时代的我们！

鸡蛋是人们生活中常见的食物，几乎人人都吃。仔细观察鸡蛋的做法，一般就两类，一类是带壳做，一类是去壳做。如果鸡蛋带着壳做，无外乎就是煮鸡蛋，没有什么别的做法了，煮出来的鸡蛋很多人不爱吃。如果鸡蛋去壳做，可以有蒸鸡蛋、炒鸡蛋、煎鸡蛋、鸡蛋汤等各种做法，还可以搭配其他食材制作各种美食，比如，西红柿炒鸡蛋、黄瓜炒鸡蛋、韭菜炒鸡蛋、鸡蛋饼、鸡蛋糕等，可谓是方法多样，这样做出来的鸡蛋很多人爱吃。

鸡蛋的两种做法引起了我的联想。人不也和鸡蛋一样吗？人也有一层壳，自己独特的个性、自以为是的思维习惯、自卑、害怕受伤，这些都是裹住身体的壳。所以，人也有两种活法，第一种是带壳生活，第二种是去壳生活。

如果是带壳生活，方法就比较单一，就是让外界适合自己，但要找到适合自己个性的人很难，要找到适合自己的平台很难，要找到适合自己的环境很难！于是走着走着就开始抱怨、指责，嫌自己命不好。

如果是去壳生活呢？那就容易多了。当遇见不同的人时，我就变成他们喜欢的类型；当遇到可以发展事业的平台时，我就成为平台需要的人才；当遇到不同的环境时，我就享受环境中的优点和好处。于是，我感受到的就是幸福、快乐、和谐，也就能够享受到生命的乐趣了。

身累与心累

别让自己心累！适时放松自己，给疲惫的心灵解解压。心累之人要学会适应，不要独自面对黑暗发呆，要适应社会，适应生活。不必过分在意别人的掌声和称赞，不要把别人的成功作为自己的追求目标。不断地扩大自己心理的空间，方能体验生活本身的意义与快乐。

之前有次国庆节几个朋友来家里聚会，聊着聊着就聊到了事业。一个朋友问我："你这么拼，累不累呀？"我说："不累呀！"他很惊讶："别嘴硬啦，你看你眼睛都肿了，睡得很少吧！开训练营天天站8个多小时，能不累吗？"

其实，我和他说的都没错，我说的不累是心不累，他说的累是身体累！

在这个社会上生存的人，从累不累的角度看，只有四种状态。

第一种是身累，心也累。比如，一些在城里打工的农民，每天干十几个小时的体力活，身累，而且还担心老板不发工钱，总为这一年的收入提心吊胆，心也累！

第二种是身不累，心累。例如，在某些岗位上工作的人，按时上下班，上班还偷懒，身体轻松得很。但是，他们每个月挣不了多少钱，需要花钱的时候绞尽脑汁也找不到钱，心很累。

第三种是身累，心不累。这些人每天努力工作，身体确实疲惫，但是事业发展顺利，尽管遇到很多困难，但能积极应对，做的又是自己喜欢的事情，天天处于兴奋之中，这就是典型的身累心不累的状态。

第四种是身心都不累。当一个人挣到了足够的钱，能尽到让家庭幸福的责任，达到了内心追求的人生境界，事业形成规模，稳步发展，这时候就能达到身心都不累的境界。

我大多数时间处于第三种状态，希望有一天能实现身心都不累的生命状态！

内心平衡

随时觉察内心的需求，如果拥有的不够，就赶紧努力，如果拥有的足够，就停下来享受生活。因为幸福来自内心的平衡。

平衡有两端，一边是想要的，一边是拥有的，如果想要的和拥有的对等就是平衡。有喜有悲才是人生，有苦有甜才是生活。生活坏到一定程度就会好起来，因为它无法更坏，我们心中应总是充满阳光，活在当下，享受生活。任何事情即使再坏，也有好的一面，选择人生最积极的一面；心态好，一切才会向好的方向转变；决定成败的关键是心态，而不是智商；生活在天堂还是地狱，取决于你的态度。

在人群中生活，看到别人住别墅、开豪车、穿名牌，可能有的人会感觉难受。这种难受的感觉是内心的失衡造成的！

很多人渴望高品质的生活，觉得高品质生活就是美好。其实，生活的最高境界不在于生活品质高低，而在于找到内心的平衡。

我们需要首先明确自己想要的是什么，如果你能感知到想要的是高品质的生活，那就必须努力拼搏，正确选择！争取让拥有的和想要的匹配，最终达到内心的平衡。千万不要成为那种每天不努力，还不做选择，但是看到别人的高品质生活就心生羡慕嫉妒恨、内心严重失衡的人。

有的人每天拼命工作，获得的越来越多，生活品质越来越高，但是最终发现，这些不是自己想要的，自己想要的仅仅是普通、平静、简单的生活，这时候，他会后悔自己浪费了很多时间，这也是失衡的状态。

生命的自由

今天工作不努力，明天努力找工作。自由的大门，会向追求它的人敞开，自由的人永远会有一颗不老的心，在拥有自由的同时，动力、梦想也会向你走来。

两只鹰分别待在两个笼子里，但是它们却拥有不同的自由：一只鹰所在的笼子门关闭着，它只能在笼子里待着，没有选择的自由；另一只鹰虽然也在笼子里，但是笼子门却开着，它想飞出去就能飞出去，拥有飞向天空的自由，只不过它想待在笼子里而已！

两个人走在路上，看起来状态差不多，但是却拥有不同的自由：一个人没有钱买车，只能在路上走着，没有选择的自由；另一个人有很多财富，想买车随时可以买，只不过他想走路锻炼身体！

　　两个人都在勤奋拼搏，看起来生活状态差不多，但是却拥有不同的自由：一个人必须工作，家庭的开销都需要他来负责，他没有干与不干的选择；而另外一个人，早就拥有足够的财富，根本不用为生活花销发愁，他只不过想实现更大的梦想，所以依然努力地工作！

　　现阶段如果你没有足够的财富来支撑你，就得拼命地干，人的一生总会有一段时间拼命地干，而不是一辈子拼命地干！

　　不管你是处于哪个阶段，希望你处于自由状态，想干就干，不干也无大碍，找到生命的自由！

苹果有"毒"

很多人参加工作，都想找到钱多活少离家近的公司，有这样的工作是很开心，一年过去，两年过去，没怎么动脑子工作，就像吃了毒苹果，再也没有办法提升能力。

跟大家说说关于毒苹果的故事。毒苹果这个词出自童话故事《白雪公主》：王后想害白雪公主，在一个漂亮的红苹果里下了毒，送给了白雪公主。白雪公主看到红苹果很喜欢，因为确实很好看，给人一种很好吃的感觉。她并不知道里面有毒，所以，把有毒的红苹果咬了一口，然后，她中毒昏迷了过去。

大家不要以为这只是童话世界里的故事，其实，这样的事情天天发生在我们的身边！比如，你马上要高升了，正在努力工作，另一个人担心你进步太快会超过他，就对你说："别太累了，我请你吃饭，吃完饭再看场电影，看完电影我们去KTV唱歌。"结果，你深夜回家没睡好，第二天工作状态很不好，好好的工作被你搞砸了。这就是毒苹果，这个同事就像王后一样想害你。朋友请吃饭、请看电影让人感觉很好，就像苹果的味道，但是耽误时间，打乱了你的节奏，这就是在苹果里面下的毒！

　　时间，每天都是二十四小时，可是一天的时间给勤勉的人带来智慧和力量，给懒散的人只留下一片悔恨。节约时间，使一个人有限的生命更加有效，也就等于延长了人的寿命。

断 舍 离

美好生活，从清理无用之物开始！"断舍离"的主角并不是物品，而是自己，而时间轴永远都是现在。选择物品的窍门，不是能不能用，而是我要不要用，这一点必须铭刻在心。

断，断绝不需要的东西；舍，舍去多余的废物；离，脱离对物品的执着。这就是我对于"断舍离"的见解。现在对我来说，不需要的就尽管放手。

刚刚搬进新家的时候，我收拾得挺干净的，但是，随着日子一天天过去，东西添置得越来越多，家里逐渐变得凌乱拥挤。

此时，要么憋屈着过日子，要么拿起大袋子开始清理。我把没用的东西，像月饼盒子、瓶瓶罐罐、废书旧报、不穿的衣服，一股脑儿全都清理掉。收拾完后，家里瞬间变得整洁宽敞起来，我住着也感觉舒服很多。

人生其实也需要我们像收拾屋子一样时常"断舍离"。有些事情不符合人生目标却又占用了很多时间，可以不做；有些书、电视剧，不能给人以人生启迪，可以不看；有些不好的习惯严重地影响了我们的生活，也需要改一改，清理一下。

我相信，如果我们能够好好地清理一下自己的人生，那么生活的品质就会变得更高。项目运作也是如此，今天做一个明天做一个，多而不精，效果很差；一年做一个品牌的项目，收益颇丰。做多不是目的，赚钱才有意义！为什么不清理掉不赚钱的项目和利润少的项目，从此提高品质和利润，得到更好的发展？

活在阳光下

金无足赤，人无完人，缺憾是与生俱来的；完美可以是一种理想，但却不是一个准则。坎坷的人生，需要用自己的努力来增加力量，增加成功的希望，增加胜利的自信。与其受命运的摆布，不如做生活的强者。

鸡，每天既拉鸡屎，也下鸡蛋。但是，我们并不会因为鸡拉屎而不吃鸡蛋。

现实中的人，既有缺点，也有优点，我们难道能因为他有缺点就忽略他的优点吗？

任何环境，都既有美的地方，也有不美的地方，难道我们会因为有不美的地方而忽略美的存在吗？

我们自己也有缺点和优点，难道要因为有缺点而自卑，并因此而忽略自己的优点吗？

　　记住，永远活在阳光、积极、正面的世界里，不要活在阴暗、消极、负面的世界里。只有这样，我们的人生才能更加美好！

敢于尝试

那些循规蹈矩过活的人，并不能使社会进步，只是让社会得以维持下去。或许有时候你是胆怯，有时候是不屑一顾，而有时候真的是慢了一拍，总而言之，最终的结果就是你拒绝了新事物，导致你错过蜕变的机会。

我们要勇敢，因为勇敢能让我们具有创新和开拓精神。敢于去尝试别人不敢去做，或者想也想不到的事情。敢于尝试是一个人敢于挑战自我的表现。只有敢于尝试，才有可能取得成功。我们一生中需要面对很多新事物，而面对新事物的态度可能会让我们走上完全不同的路。因此，养成正确的面对新事物的态度很重要！

大多数人面对新事物的时候，都是带着躲避、拒绝、质疑甚至是攻击的态度，这样的态度会导致我们远离新事物，也就无法从新事物中获得改变自己的机会！

正确的态度应当是什么样的呢？首先是接纳，新东西出来啦！然后是了解，这个东西是做什么的？有什么用处？如果和我们的生活、事业相关，就可以进一步学习，了解新事物的原理、功能等。如果发现新东西还不错，完全可以在可承受的范围内尝试一下，说不定可以带来新的发展。

那为什么很多人不去尝试呢？主要是因为内心害怕、担心会改变已经适应的现状。其实就是害怕改变，害怕失去。

面对机会，试错的成本并不高，但错过机会的代价非常高！要有面对新事物的勇气，培养正确的面对机会的态度，是我们最好的财富！

生　命

不是朋友多了路好走，而是你路走好了朋友自然就多了。身处低谷时，远离无用社交，眼光看远一点，时间拉长一点，所有的挫折都只是时间线上微不足道的点，相信自己最终会迈过去！

生命中最珍贵的就是时间，人生就是在选择花费时间的方式。

人们清早出门，大都在外面待一天才回家，手会摸到很多东西以及身体会出汗，所以，多数人回家以后首先要洗手、洗澡，以保证身体的清洁，让自己感觉更加舒适！

我们在人生路上前行，会遇到很多人、很多事，产生很多的负面情绪，我们是否考虑过也要给自己的人生洗个澡呢？是否应该反思一下，哪些人不值得交往，哪些事浪费了时间，哪些烦恼应该丢弃？

有的事情，做与不做对人生没有什么影响，纯粹浪费时间，应该赶紧清洗掉！有的烦恼，只是在消耗生命，对生命价值的创造毫无意义，不如清洗掉！

高　度

思想决定高度，性格决定态度，知识决定命运。思想是光之利剑，可以划破黑暗，带给人光明和未来，让梦想发光，让未来滚烫。思想是芬芳花朵，常开不败，万世芬芳。

小时候看战争题材电影的时候，经常有这样一幕，指挥员坚定地发出命令："夺取制高点！"我问爸爸："为什么要夺取制高点？"爸爸告诉我："因为在制高点上，能看清周围的情况，从上向下打，容易打！"

有一次，我在2层楼的阳台上向外看，发现地面上到处都是垃圾，甚至还能闻到刺鼻的气味。我继续往楼上爬，一直爬到20层，在20层的阳台上向外望去，一下子视野就开阔了，感觉真是心旷神怡。

　　还有一次，我在等飞机时发现天空有点阴暗；等飞机起飞穿越云层时，再往外看却看不清外边；等飞机穿过云层那一刻，突然一缕阳光从窗外射进来，一眼望出去，外面是棉絮般的云海，头顶上晴空万里，天空碧蓝澄净！

　　站在山脚下看这个世界，你只能看到周围500米左右的风景，更远的地方会隐于树木草丛中；站在半山腰看这个世界，你只能看到周身1000米左右的风景，更远的地方会隐于高山丘壑间；而当你站在高山之巅看这个世界，你看到的是"一览众山小"的风景，你的视野如天之高、地之阔，目之所及皆是精彩。

　　原来，高度不同能带来这么大的差异！瞬间我也明白了，为什么同样是在世界上活着，有的人一生过得平庸，而有的人却能过得风生水起。一个人的思想高度不同，智慧高度不同，在人生路上看到的风景就不同，走的人生路自然也不同！所以，我们要提升思想、修炼智慧！

梦　想

　　每个人都有梦想，有了梦想而不去奋斗，便永远是一个梦。不管你现在是一个人走在异乡的街道上，始终没有找到一丝归属感，还是在跟朋友们一起吃饭，开心地笑着的时候，心里闪过一丝落寞；不管你现在是在努力去实现梦想却没能拉近与梦想的距离，还是你已经慢慢地找不到自己的梦想了，你都要去相信，没有到不了的明天。

　　梦想是每一个人都应有的东西，它是我们生活的动力。拥有梦想，就拥有了前进的方向，而为了我们的梦想，有些事是我们必须要做到的。

　　不同的画家用同样的画布、同样的画笔和颜料，画同一个主题，为什么画出来的结果大不一样？因为画家心里的东西不一样，在画布上呈现的结果自然就不一样！画布上的图案，是画家心中图案的显现而已！

为什么很多人做同样的工作，最后人生的结果不一样？因为做工作时，内心想的不一样，结果只是心中想法的显现而已！

有个故事说工地上一个人在砌砖，表情无奈，略显疲劳，因为他只是把工作当成换钱买馒头的过程；另一个人也在砌砖，面部表情严肃认真，因为他想着自己正在修建一座伟大的建筑；还有一个人，一边砌砖一边唱歌，因为他心里想着自己正在美化这座城市！20年后，第一个人当了工头，只是钱多了一点；第二个人成为建筑公司的老板，建了很多建筑；第三个人成了市长，受到人民的爱戴！

对于正在创业路上的我们来说，创业的原因，将会引领我们走出不同的人生！周恩来少年时期就立志为中华之崛起而读书，这一梦想引领他成为共和国的总理。

长久的爱

爱到深处便无怨尤，有些人可以揭开一切放到台面上去计较，那大抵也是爱得不深的缘故，否则，多少辛苦多少牺牲不过是求心爱之人展颜一笑罢了。值不值得，真是不足为外人道，自己心里有数就行。

曾有一个代理商跟我抱怨，说她的男朋友不能体谅她。她的男朋友长得挺帅的，在一个不错的单位上班，晚上6点准时下班。男朋友要求她必须在他下班时回家，如果见不到她，就跟她闹别扭！代理商开店也很辛苦，有时晚上加班得八九点才下班，心里的压力非常大。但是为了两个人能在一起，她一直在迁就男友！

过了几年，他们结婚了。又过了几年，孩子6岁大的时候，他们离婚了！她告诉我离婚的原因是：爱得实在是太累了！

人人都渴望爱，都需要爱，特别希望周围的亲人、朋友都爱我们，但是，我们要记住，不能把自己想要的美好感觉建立在别人的痛苦之上。如果对方太劳累，不要让她为自己操劳，反过来还要多关心对方，让对方在疲劳的时候得到爱。等她缓过来了，一定会更加爱你！

在人生中，有一点点苦，有一点点甜，也有一点点无奈。一些舍不得，只能放在心底。有些事，看得很清却说不清。相伴，在于包容。彼此心有灵犀，无言，也是温暖。爱是相互的，情是互暖的。

让别人辛苦地爱自己，爱不会持续很久；让别人轻松地爱自己，爱就能长长久久！希望每个人都能得到长久的爱！

自　由

选择的权利是需要以付出辛苦和汗水为代价的，越不愿意吃苦越是没有权利选择，越是拼搏努力，越是拥有选择的空间和自由！

很多人看起来生活水平一样，但这些人中有的是条件如此，有的是自己愿意选择这样。条件如此的人中有的人内心是不甘的，而自己选择过这种生活的人往往内心是平静的。

就像在街上骑自行车的人，其中有的人是没有条件买汽车，只能骑自行车上班，每日骑车的辛劳可能让他内心很失落；还有的人是有车不想开，骑车锻炼身体，一边骑车一边还心情快乐地欣赏沿路风景。

很多人都在努力工作，甚至夜夜加班。有的人是根本不想加班，只是不得不加班，一边加班一边抱怨；也有的人是为了梦想而努力，干到夜里心里都是美滋滋的，有一种追求幸福的满足感。

在一个人生活的方方面面，到底有多少是不得已而为之，又有多少是自己选择的结果呢？如果大多数都是由自己选择的，那么，这个人的人生就是由自己做主的，如果大多数都是不得已的结果，那么，这个人的人生就是随波逐流的，是被动的。

打扫心房

住在房子里丢了垃圾一定要及时清理，要不然等到进不去的时候想打扫也做不到了！

一个女人在租来的屋子里住着，把房间弄得很脏，到处丢垃圾，房东看到了有点不高兴，告诉她赶紧打扫一下，那么脏怎么住呀！她嘴上说好的，但之后根本不打扫。后来，房东受不了把她赶出门。她觉得自己弄脏屋子确实不对，就拿着扫把在门外扫地。有人看到了问她在干什么，她说正在打扫屋子，人们都很奇怪，打扫屋子要进屋呀，站在门外怎么打扫？

这个站在屋外的女人能把屋子打扫干净吗？当然不能，但是她为什么不进屋子里打扫呢？因为进不去了。可能你觉得奇怪，这说明了什么呢？

　　一个人和自己的亲人待在一起的时候，一开始是住在亲人的心房里的，但是，经常在心房里丢垃圾，比如，发脾气、责怪亲人，这会让亲人很难受，弄得他们的心房里特别脏。如果丢了垃圾能马上打扫一下，发了脾气能马上道个歉，亲人生气了能马上哄一下，心房也就不脏了。可是，该道歉的时候没有道歉，心房受不了，终于关上了心门。这个人进不去了，后来想想觉得自己做得确实不好，就开始道歉，可是，在心门外面道歉又怎么能清除心房里面的垃圾呢？

心门开关

在生活中，我们有时遇到同事、领导甚至是亲人，都是戒备森严，把心捂得严严的。人生在世，不要总把心门紧闭，要试着打开心门，找回那个纯真的自我。

有个故事讲风和太阳打赌，看谁能让一个人把外套脱掉。风拼命地吹，吹得飞沙走石，结果风吹得越大，人把衣服裹得越紧！太阳呢？散发出温暖的光芒，随着太阳光越发强烈，这个人很快就热得把外套脱了下来！

类似的故事有很多，如食指和大拇指打赌，看谁能最快打开一个人的心门。食指拼命地指着人，越是指，人的心门关得越紧；拇指不一样，它翘起来，让人感觉很有爱，人的心门很快就打开了。又如，抱怨和赞美打赌，看谁能得到别人的帮助。抱怨用了很多指责、打击、挖苦、讽刺性质的语言：你们这个产品一点儿都不好，服务这么差！其实，抱怨是想用这些来刺激对方重视自己，但是，结果却让别人更加讨厌自己，越发不想帮助它。赞美用了很多感恩、欣赏、夸奖等充满了正能量的语言：你们辛苦啦！需要我做的事随时告诉我！这些语言让人的内心很温暖，从而更加愿意帮助它。

人的心门很容易打开，缺少的只是一把钥匙，这把钥匙是随处可见的，譬如在他人困难时的一点点帮助，郁闷时的闲聊，伤心时的安慰。获得他人信任并不困难，只是我们很多人不愿去尝试，只要勇于去和一个人沟通，打开一个人的心门是简单的。

做人之道，就是要多看他人的优点，多找他人的好处，多看自己的不足，多承认自己的不是。

不要羡慕

不要盲目羡慕别人，自己就会悠然自得；不把目标定得太高，自己就会欢乐常在；不刻意追求完美，自己就会远离痛苦；不时时苛求自己，自己就会活得自在。

一只乌鸦飞过一个大户人家的院子，看到一个精美的鸟笼，笼中一只鹦鹉安逸地活着。野外的乌鸦特别羡慕鹦鹉不愁吃喝的日子，而笼子里面的鹦鹉却羡慕乌鸦在天空的自由。鹦鹉和乌鸦商议，互换各自的生活。乌鸦进了笼子，得到了渴望的安逸，但主人不是很喜欢乌鸦的模样，常常忘记喂食，乌鸦最后饿死。鹦鹉出了笼子，得到了想要的自由，但因为长期的安逸生活，早就失去了捕食的能力，不能独立生存，最终也因饥饿而死。

其实，乌鸦和鹦鹉各自都已经找到了适合自己的生活方式。乌鸦依靠聪明勤奋在野外过得很好，但是，却因羡慕鹦鹉而失去生命！鹦鹉依靠美丽乖巧得到了主人的喜爱，也生活得不错，但是，却因羡慕乌鸦而失去生命！

每个人在这个世界上生活，都有自己擅长的技能，本来已经找到了自己的人生活法，过得不错，但非要去眼红别人，以致白白地失去自己的未来！一个人原本在一个行业中做得非常好，但非要眼红其他行业的利润，于是忙不迭地选择了新行业，又因为缺乏足够的经验，最后只得亏本！

只要你感觉目前的路能够实现自己的人生目标，就要好好走下去。当然，可以做些微调，但不能有颠覆性改变，这样风险很大！就像乌鸦在一片林子里觉得过得不好，可以换一片树林生存，这叫微调，但千万不要选择进入笼子里寻找好生活，这是颠覆性改变，这样风险太大了！

智慧生活

善良是一个人高贵的品质，如果与智慧为伴，则善良的人一定能获得更好的生活。祝愿所有善良的人都拥有智慧！

善良是一个人的高贵品质，本来具有高贵品质的人应当拥有更好的生活，然而在现实生活中，经常能看到人善被人欺的现象。难道我们不应该善良吗？难道善良的人就要被人欺负吗？善良是对的，人应当做一个善良的人，但是在善良的同时，我们更需要有智慧。

善良没智慧，生活苦加累；善良有智慧，生活乐加美！有智慧的善良体现在对别人善良要适度，不要让别人把我们的善良当成理所应当。一个做姐姐的成家了，弟弟还没有成家，因为家里穷弟弟没有房子，姐姐便把节约下来的钱拿来帮弟弟买房。后来，弟弟结婚后需要买车，又来找姐姐要钱，姐姐又把钱给了他。再后来，只要生活上有需要，弟弟就来找姐姐要钱。最终姐姐也没钱了，弟弟便到处说姐姐的坏话，把姐姐当成了世上最大的恶人。这个姐姐就属于善良但没智慧的类型，不知道应当适度善良的道理。

有智慧的善良还体现在不要把善良变成完全的替代。有的领导很善良，喜欢替员工做事，什么事都担心员工做不好，最后，把员工所有的成长机会都剥夺了。

善良的人喜欢帮助他人，很多人在遇到困难时也愿意请善良的人帮助。但是，善良的人在帮助别人的时候，一定要学会判断别人是否真的需要帮助，如果别人确实遇到难处，可以帮助，如果发现别人是故意利用自己的善良，就要学会拒绝，要学会保护自己！

生命的浓度

每个人一天所拥有的时间都是 24 小时，但有些人硬是把一天的 24 小时活出了 48 小时的价值，而有的人整天无所事事，把时间荒废在没有价值的事情上面，日积月累，人与人的差距就在不经意间慢慢拉开了。

"为什么我总是很忙，但又好像什么都没有做？""工作多年，为什么别人都能升职加薪，而自己还在原地踏步？""我厌倦了一成不变的生活和工作，但如何才能改变呢？"身边不少同事和朋友，常常发出这样的感慨，觉得自己的日子过得碌碌无为，人生没有奔头。

有的人在活到 80 岁时回顾整个人生，发现一辈子做过的事，如果效率高一点，安排得紧凑一点，可能30年就能完成。很多人的生命都是在拖延中浪费的，很多人的时间都是在拖延中溜走的。

人生就像一个杯子，可以装一杯柠檬水，也可以装一杯柠檬汁，看起来都是一杯，但是维生素C的含量差别很大。人生有限的时间如果能做更多的事情，就像装了一杯柠檬汁，能实现更多生命的价值和意义。如果习惯拖拖拉拉，就只能做成很少的事情，就像装了一杯柠檬水，生命的意义很难体现。

有的事情感觉做起来会很难，这时候很多人往往会告诉自己，先等等看，等准备好了再干，看别人干好了再干。事实上，当你为了干这件事情准备很长时间，最后会发现事情做起来并没那么难，难的是跨出行动的那一步！

不管遇到的事情让我们感觉难，还是感觉累，都要马上去做，要知道大量的时间都是在烦恼、恐惧、纠结中浪费掉的。感觉烦恼的时候就行动起来去干，干完了烦恼也就没有了！

　　该做的事情立刻做，这样就能提升生命的效率，实现生命的价值和意义！

蚊子启迪

年轻的时候，我们总是会分不清楚事情的轻重缓急，也会为了虚无缥缈的东西而放弃现实存在的东西，可到后来才会发现，以前的我们是多么傻，而那时候，我们已经无法挽回了。做事情一定要分清轻重缓急，先做最重要的事，这样才能抓住事情的重点，不会因为处理次要的事情而耽搁了重要的事情。

有一天，我开车带着家人出去游玩。我正开着车的时候，突然发现车里有一只蚊子在眼前飞来飞去，我用手挥舞着驱赶，但蚊子还是在车里飞来飞去。我只好打开车窗，希望蚊子飞出去，但是蚊子并没有飞出去，还是在眼前嗡嗡乱转，我开始有点心情烦躁。

趁我开车时没注意，这只可恶的蚊子叮在我的手臂上，等我发现的时候，蚊子还在手臂上吸着血，我气不打一处来，一巴掌拍了过去。可能是我用力太猛，或者是只顾着打蚊子，没有注意路面，车一下就偏离了方向，朝着对面的车冲过去，差一点就撞到了。我吓出了一身冷汗，赶紧转回方向盘，家人们也全被吓到了。

突然间，我感觉到这件事好像在告诉我什么道理。我开车的过程不就是做事业的过程吗？我开车掌控车的方向，就好比做事业也要掌控方向。车里的蚊子叮我，就是在干扰我，如果我被蚊子干扰了，就会失去对方向的把控。蚊子不就是创业中的做小动作的人吗？为了自己能占点便宜吸点血，干扰我，如果我被小人影响了，就会失去做事业的方向。

想到这里，我惊出了一身冷汗，瞬间不再介意"蚊子"的打搅。绝不能因为"蚊子"，失去责任和方向。

内心的感受

让自己生活得快乐一些，让周围的人对自己充满好感，是每个人都想追求的事情。然而，要实现这种人生状态可不是一件容易的事，它涉及方方面面的因素。但无论如何，对于一个期盼快乐生活的人来说，增加自身的修养，与人交际时豁达一些，开朗一点，都是极有必要的。

有个人问我："邢老师，您这样长时间工作，不累吗？"我说："不累呀！"他说："怪不得从没听您说过累。"我回答："一是因为我不觉得这是累，二是因为越喊累越累，越叫苦越苦呀！"

苦和累是内心的一种感觉。就好比我们吃上几天的窝窝头可能就受不了了，觉得生活太艰苦，但是，几十年前的人觉得有窝窝头吃简直太幸福了！

为什么人们对同样的条件会有不同的感受呢？根源在于内心的承受力。如果经历过没吃没喝的岁月，内心的承受力就强，面对几天的窝窝头当然不会觉得受不了。如果只经历过丰衣足食的生活，内心的承受力就弱，当然承受不了几天的窝窝头，自然会觉得艰苦。

当然，一个人内心世界对苦和累的感受还来自对苦和累的认知标准。小时候外面下雨，奶奶总是告诉我，这点雨算啥。时间一长，我有了一个认知：被雨淋了没什么！所以，上学时期我就敢在滂沱大雨中打球，现在出差在外也不在乎被雨淋。因为奶奶给我内心植入的标准是——淋雨不算啥！

如果感觉到累了，也不能喊累，因为喊累的过程就是强化内心对累的认知，内心会认为这确实很累，就会感觉更加累！如果累的时候不喊累，告诉自己这算什么累，睡一觉就好了，内心就不会感觉很累了。这就是越喊累越累，越叫苦越苦的原因。

理性思考

我们应该理性地知道自己什么时候该感性，在感性的时候知道自己的底线在哪里。

当人生面对重要选择的时候，应当理性思考，不能依赖感觉处事。理性的思考就是依靠经验和规律做出判断，依赖感性就是凭着内心感受到的感动、冲动、激动做出决定。

很多女孩子谈恋爱的时候，因为被男朋友的几句话感动了，没有客观考虑双方是否适合，凭着感觉就结婚了。后来，才发现男人身上有很多自己不喜欢的缺点，又凭着冲动指责抱怨，最后导致婚姻不幸福。

在面对事业的某个新选择的时候，我们要花费很多时间进行充分了解，用经验逻辑判断方向是否正确，如果选对了事业将取得长足发展，就算选错了也会在可以承受的范围之内。但是，在做决定的时候，有些人还是告诉自己要冷静一点，不要冲动，结果错过了机会，最终后悔不已。

其实那些人在面对选择的那一刻，恐惧、纠结的感觉充斥着内心，人完全被感觉控制着，最终没有做出明智的选择。他们不是靠理性，而是靠着感性来判断。

理性思考不是拖延时间，不是纠结和犹豫，而是认真学习，认真了解，认真分析，然后评估风险。如果方向对，风险可控，那就立刻行动。

改变自己

原来有时改变了自己就等于改变了全世界，自己是一切的根源！

改变自己会痛苦，但不改变自己会吃苦。一个人的性格和习惯是很难改变的，如果想改变，那肯定是一件很痛苦的事。虽然是这样，但在很多时候，我们必须要改变自己。你改变不了环境，但可以改变自己；你改变不了事实，但可以改变态度；你改变不了过去，但可以改变现在；你不能控制别人，但你能够掌握自己。

在生活中，我们希望遇到的任何人、事、物都是好的，但现实总是事与愿违，总让人对周围的人、事、物不满意。于是我们开始抱怨，为什么自己这么倒霉，运气这么差，并且开始指责别人为什么对自己这么不好！可周围的人、事、物并没有因为我们的指责抱怨而变好，相反，变得越来越糟糕。这更加激发了我们的不满，让我们变本加厉地释放负面的能量。

那么，如何做才能让情况朝着好的方面转变呢？我们一直希望外界的一切改变，我们是否考虑可以调整一下方向呢？既然改变外界不容易，为什么不尝试改变我们自己的内在呢？

当我们遇到一个根本不喜欢我们且经常会说一些难听的话的客户，这时候该怎么办呢？向外抱怨指责客户？根本行不通！我们应该向内问问自己，我该怎样做才能让客户不讨厌我呢？比如，在朋友圈时不时点赞、写感恩卡，慢慢地跟客户的关系就拉近了。

马桶的启迪

养成做事的好习惯，一定能获得更顺畅更舒适的生活！人的一生，做任何事情都要提前做好准备，这样以防万一，才不会让自己手足无措！

每个人都要用马桶，方便完后，一按按钮，马桶会立刻冲水清理，非常方便。而且每次冲完水之后，马桶的蓄水箱立刻又灌满水，为下一次使用做好准备。

很多人会说，这不是很正常的事情吗？干吗拿出来说呢？是的，确实是很常见的现象，但就是苹果从树上掉下来这一常见现象让牛顿发现了万有引力定律，马桶的工作现象也在告诉我们应该如何做事！

试想一下，马桶冲完水之后，如果不是立刻灌满蓄水箱，等下次我们想冲水的时候就得等着先灌水然后才能用，那样就会多耗时间！马桶随时为下一次使用做好了准备，而我们在生活中往往没有这样的预见和筹备。

吃完饭本来应该立刻刷碗，为下次吃饭做好准备，但很多人等下次要做饭了才发现碗没刷。电表交费卡刷一次后，马上去充值为下次没电再刷卡做好准备，但很多人总是发现电卡里没钱了才去充值。喝完茶本应该把茶壶里面的茶叶倒掉以便于下次泡茶，但很多人喝茶前才发现上次喝的茶叶已经在壶里面发霉了。

这些生活中的现象，要么属于用完马桶不冲水，要么属于马桶冲水之后不灌水，都给生活带来了不方便。通过马桶的工作现象，我们要总结一个生活中的道理，那就是不要给下一次留下麻烦，不要给他人留下麻烦，更不要给自己留下麻烦！

幸福辣妈

和对的人组建一个家庭，维系良好的家庭关系，才能让家庭幸福美满！

有的人手里有很好的产品，但是却卖得不好。有的人投身于发展前景很好的事业，符合社会发展潮流，却没能把事业做好。我一直想不明白为什么会出现这样的情况。直到有一天，我看到一辆奔驰车停在路边开不了，原来是一个轮胎瘪了，就因为一个轮子导致整辆车开不了。一瞬间，我想通了困扰我的问题。原来汽车的发动机就是我们的好产品、好事业，没有发动机，车子开不了，但光有发动机，车子也开不了。

车还要有四个轮子，轮子代表事业的合作伙伴，要给事业配上好的合作伙伴。不仅要配上足够的轮子，还要每个轮子同时转动，各司其职，不能有轮子漏气。

车头的方向要对，就是做的事业要有利于国家和人民。要把车开上一条路，就是要有一套事业发展的规划。要按照交通规则行走，就是做事业不能违反法律法规。

坐在车里面的感觉要好，要有舒适感。如果车里有臭味，开起来会很难受。做事业的过程中，人和人之间要有爱，相处起来感觉才会美好。

油箱里要有汽油，这样车才能走得远。做事业的账户上要有资金，这样才能坚持走到成功的目的地。

我现在正在开一辆"围美"车。围美思想的发动机很好，我的车轮伙伴也很给力，我们正要去一个叫"围美梦想"的地方，油箱里加满了汽油，车正行驶在"围美幸福中国"的路上，严格遵守交通的法律法规，车里面温馨和睦，我相信我们一定能到达梦想之地。

诚信做事

不要被某些行为表面的智慧蒙蔽，从长远的角度看，很多表面的智慧背后却是愚蠢。

人有时候会做很多看起来智慧但其实很愚蠢的行为。

第一类是省了银子丢了金子。有很多人喜欢算小账，算得还很精明，而且认为自己很聪明，其实失去的远远大过自己得到的。有的人来训练营学习，看到自己有了进步，很高兴，但是为了省钱却不再复训，很可能因此就让自己失去了更大的成长机会，失去了珍贵的人脉资源。省了钱却失去了成长机会，不就是省了银子丢了金子吗？

第二类是占了便宜丢了诚信。有很多人借了朋友的钱后不还钱，看起来是占了便宜，但是却失去了在朋友心中的信任。诚信没了，下次再遇到困难朋友也不会帮忙了。占的是看得见的银子的便宜，失去的却是看不见的金子般的未来。

第三类是耍了性子丢了情感。每个人都有七情六欲，都有难受烦恼的时候，但是再烦恼也不能耍性子，因为耍性子的代价就是损伤情感。很多恩爱的夫妻因为耍性子导致离婚，很多亲密的朋友因为耍性子而不相往来。耍性子只是短时间的释放，看起来很爽，但失去的却是长久的幸福、友谊。

忠言逆耳

忠言逆耳，很可贵，看似不近人情，其实是用真诚与耿直对你。真的朋友，才说真话，关系到位，才道忠言。好听的话，不一定有用；有用的话，不一定好听。谁都有缺点，有人指出，好好改正，何乐而不为呢？忠言虽不讨喜，却能受益一生。

花言巧语，人人爱听；忠言逆耳，总有人反感。在乎你的人，敬你良言；敷衍你的人，才好话连篇。

我们活在地球上，万事万物滋养着我们每一个人，滋养我们的肉体，教育我们的精神。我们从一个小小的婴儿长大成人，所有的营养都来自地球上的各种植物、动物、菌类等。我们摄入这些食物中蕴含的营养，使身体越长越强壮。

　　世间万物不仅滋养了我们的肉体世界，更是教育着我们的精神世界。人类的精神世界从孩童时期的幼稚无知到成年后的成熟智慧，需要吸收很多养分。我们要通过眼睛耳朵摄入，然后在大脑里感悟理解，再变成自己的智慧，精神世界才会越来越强大。

　　这些道理有的学起来很容易，有的却让人难以接受，因为包裹这些道理的语言"外衣"并不美妙，但它们同样是丰富我们精神世界不可或缺的宝贵养分。

人掌握事

人生路上牛多，狗多，难免屎也会多。不小心踩到后，把鞋子洗干净就可以了。顶多扔掉鞋子，但绝不能把腿砍掉！

有个人在路上走着，突然踩到了一泡牛屎上。"哎呀，好恶心，好臭啊！"他非常烦恼，对同伴喊道："你们快给我拿把刀来，快点呀！"同伴给他递了把刀，还没等同伴反应过来，他提起刀，"咔嚓"一下把自己的腿给砍了。他瞬间倒在地上，血流成河。他抱着自己的腿大哭："我的腿呀，我的腿呀……"就这样，他成了残疾人，整个下半生都得坐在轮椅上了。

有人问他："你当时为什么要把自己的腿砍掉？"他说："因为踩到牛屎了，太恶心了！""那你为什么不把屎擦掉，把鞋子洗干净呢？如果鞋子洗不干净，你把鞋扔掉不就完了？干吗一定要把自己的腿砍掉呢？"他说："当时我确实太着急了。"对方又问："你现在后悔吗？"他说："非常后悔，为了一泡牛屎，失去了一条腿。"

说到这里，很多人觉得世界上怎么会有这样的人呢？但是，在生活中，处处都发生着类似的事情。有一次，我遇到一个店长，把生意很好的店关了。我问她："你为什么不继续开呢？"她说："因为代理说我了。"我说："代理对你很凶是吗？"她说："是的，他说的话特别难听。"我说："那你不开了，以后家里怎么办呢？父母、孩子都需要钱，怎么办？"她说："我不管，反正代理说的话很难听，我就不开了。"

这种情况就是典型的踩到一泡牛屎后砍掉了自己的腿。这种现象在你的身上发生过吗？有没有因为一件事情让你伤心了，你就破罐子破摔了呢？

不占便宜

千万别占便宜！你想要牟取额外的利益，势必会丢掉信任；你想要夺取他人的利益，势必会被人疏远。便宜占到了，但口碑却坏了，别人一旦对你存了防备，再不会对你掏心掏肺！

你会做捡一两银子丢一两金子的事吗？有人会质疑：我怎么可能做这样的事！怎么可能有人会做这样的事？是的，在这个问题面前，所有人都回答不可能做！但是，在现实生活中，却有很多人都在做捡一两银子丢一两金子的事情。

逛超市的时候，会发现很多的促销活动。比如，某个商品买三送一，买的人原本只需要一个，为了占送一个的便宜，结果买了三个，回家后只用了一个，剩下的还没等用就过期了。这不就是捡一两银子丢一两金子的事情吗？

有两个同学关系不错，经常来往，但有一次，其中一个为了一点小便宜欺骗了另一个，后来两个人关系疏远了。没想到10年后，被欺骗的朋友成就了辉煌的事业，也帮助他的同事好友发展了事业。但是，他从来没有帮过曾经欺骗过他的同学。为了几万元的小利失去获得千万财富的机会，这应当也属于捡一两银子丢一两金子的事情！

怎样才能避免自己做出这样的事情呢？不要有贪便宜的想法，不要有害人之心，多感恩他人，好运气一定常常伴随在自己身边。

登高望远

其实跨越阶层并不难，难就难在很多人不想跨越阶层。通常来说，阶层越高，看到的风景越好，就像爬山，海拔越高，看得越远。既然走一趟人生，为什么不登高望远呢？

不同类别的群体都有自己的秘密。比如，魔术师群体有一个不成文的规定，不透露魔术背后的真相。为什么他们要保护魔术的秘密呢？因为一旦透露了，魔术就失去了神秘感，观众就会对魔术不感兴趣了。

水往低处流，人往高处走，如果一个人想成为更高阶层的人，就要学习那些成功者成功的奥秘。如果成功者不说，怎样才能学到呢？

我们要认真观察高阶层的人如何看待事情，如何处理事情，每天如何安排时间以及他们说话的方式和内容。有意识地观察他们的行为模式，这样就能逐步学习他们成功的思维方式。

　　如果遇到高阶层的人讲课，要想尽办法参加学习，因为学习是最快的成长方式，听君一席话，胜读十年书！

智慧相处

多看别人的好，少看别人的差，多看别人对自己的好，少看别人对自己的差，这就是相处的智慧！

我们看事情的时候往往只看到事情的一部分，如果想全面看事情就必须增长智慧。

普通的智慧往往看见的只是事情的一半，比如，我们和别人相处的时候，看见的往往是自己对别人的好，却看不见别人对我们的好；看见的往往是别人对我们的伤害，却看不见自己对别人的伤害；看见的往往是自己的失去，却看不见自己的所得。

夫妻相处，如果女人只看见自己对家庭的付出，看不见男人对家庭的付出，心里面就会失衡，就会感觉不公平，于是开始索取，当索取不成时，就会开始抱怨和指责。同样，如果男人只看见自己努力挣钱、养家糊口的付出，看不见女人勤俭持家辛苦操持的时候，也会倍觉不爽，一不高兴就发泄情绪，遇到事情就呵斥挑剔。两个人相互释放负面能量，关系怎么能处好呢？责任心大的可能会将就着过，责任心小的就会分道扬镳。

　　亲朋好友之间相处，街坊邻居之间相处，领导同事之间相处，道理都是一样的，我们要用放大镜多看别人对自己的好，用磨砂玻璃少看自己对别人的好。把别人的付出一看成三，把自己的付出三看成一。用这样的心态就能与他人相处得和睦融洽。

看起来一样

生活很苦，但没有苦到自我放弃的地步，你可以选择想要的人生，"放弃"的"躺平"能带来一时的快乐，但解决不了问题。低欲望的"躺平"与专注自我的"奋斗"并不矛盾，幸福与奋斗同样也不对立，我们需要做的是，寻找正确的方向，通过合适的方式，在奋斗中感受幸福。对工作认真负责，积极工作，便是工作上的奋斗；对家庭认真，关爱体贴家人，亦是在生活上的奋斗。

今天吃饭的时候听到邻桌一个人对另一个人说："姑娘，人这一辈子，生不带来，死不带去，那么拼干吗？"乍一听，感觉这话讲得很有道理。确实如此，无论人生怎么走，结局都一样。但是，仔细一想，好像漏掉了什么！如果人生走得好，不是会留下一生的荣耀吗？

村里有两个年轻人都喜欢钓鱼，她们经常相约在一起钓鱼。长大后，一个继续待在乡下，一个去了城里闯荡。几十年后，两人都老了，城里的回到家乡钓鱼，碰到了另一个也在钓鱼。村里的人说："累了一辈子了吧，不还是回来钓鱼了吗？"两个人都是钓鱼，看起来好像一样，但是城里的已经有了财富和成功，人生的体验和境界早已不同！

当遇到问题时，不同的人处理方式大体不同，那是由境界决定的。再说，没钱只能吃一碗面和有钱想吃一碗面，心境是不同的！

永不停歇

坎坎坷坷的是路，永不停歇的是脚步；风风雨雨的是人生，不说放弃的是信念；因为肩上有责任，所以才无怨无悔；因为心中有向往，所以才一直去追；既然来到这个世上，就要活得漂亮；既然选择了远方，便只顾风雨兼程。即使青春不再，容颜已逝，站在人生的顶峰，你依然美。

有一个老汉赶着自己的牛车出门赶集。在路上，他看到旁边坐着马车的比自己快，看到旁边骑自行车的比自己快，看到旁边开车路过的，更不用说了，比自己快更多。看到大家都走得那么快，老汉很着急，拿起鞭子使劲打牛。牛加快了脚步，但是到底只是牛，再快又能有多快呢？老汉眼睁睁看着很多人纷纷超过自己，自己被远远落在后面，心里无比沮丧。老汉停下牛车，蹲在路边抽烟。有人路过，问他："老汉，怎么不走了？晚了可就没有好东西啦！"老汉喊道："我是牛车，我怎么办？"

怎么办？再怎么办也不能停，停下来就什么希望都没有了！

生活中这样的"老汉"很多，有的人来训练营学习的时候，进步速度比不过周围的同学，可能是因为对周围的环境不适应，也可能是因为自己的悟性差一点，等等。总之，整体的状况有点像老汉赶牛车，这时候人很容易放弃，尽管他知道前方是他想去的地方，但是当他看到自己落后，别人抢先时，心理落差很大，很容易情绪低落从而放弃。

一个人一生的追求很多，有很多想做的事情，想得到的东西，但是一个人不可能在追求目标的路上一直排在前面，很可能会有老汉赶牛车的现象出现。如果遇到这种现象，记住，不能停，继续前行，慢也比停下好！

不要忘恩负义

懂得感恩的人，往往是有谦虚之德的人，是有敬畏之心的人。对待比自己弱小的人，知道要躬身弯腰，便是有谦虚之德的人；感受上苍懂得要抬头仰视，便是有敬畏之心的人。能让我们感恩的事物太多太多，只有知恩，感恩，才能让我们感觉到爱，才能让我们少些抱怨，多些满足，才能让我们的生活变得更美好。

"做人不能忘恩负义，受人滴水之恩当涌泉相报，喝水不忘挖井人……"这些都是小时候学过的做人的道理，但是，在成长的过程中，很多人却忘了这些道理。

现在祖国安全和平，人民生活幸福，但是，我们永远不要忘记这是先辈们浴血奋战，用鲜血换来的安宁，我们一定要在心里记住他们，在活动中纪念他们。

我们要对父母好，父母给予我们生命，养育我们长大，这样的恩情一生一世都要报答。我们要对朋友好，是他们在危难中帮助我们渡过难关，这样的友情一辈子都要感恩。我们要对领导好，是他们带我们成长，收获之前从来没有的财富。

同时，对物的感恩其实也是一种生活的态度。当我们饥饿的时候，一个馒头能救命，但是富裕之后，谁还能记得馒头的好呢？谁还会珍惜一个小小的馒头呢？对馒头的不珍惜就是不感恩的表现。再富裕也要珍惜金钱，珍惜粮食。富裕后可以提升生活的品质，但是没有资格浪费粮食。对物感恩就是看到了物对于我们生活的帮助，看到了才能感知到幸福，要不然就会身在福中不知福。

我感恩我的手表，每天陪在我的身边帮助我，提

醒我每一个时间点；我感恩我的茶壶，陪着我在宁静
中思考；我感恩高铁、飞机帮助我的人生扩大了空间；
我感恩每一粒米、每一滴水、每一度电，它们维护了
我的生活……想到这些，我感觉到了幸福。

要打开心门

通过这个故事，让我想到平时我们对客户的管理，不是同样的道理吗？

一个人特别口渴，拿着一个桶到处找水。突然，他发现一个水龙头，欣喜若狂地冲过去，拧开水龙头，可是让他失望的是，流出来的都是脏水。他无奈地关上水龙头，变得垂头丧气。

有人问他："你为什么关上水龙头呢？"他说："流出来的是脏水呀，没法喝！"这人告诉他："那也要开着呀，等脏水流完了，干净水不就出来了吗？关上了，就没有可能了呀！"

类似这样的现象很常见，我们每一个人都需要成长，需要别人把脑袋里的思想、学识传给我们，从而帮助我们完善自我。然而，别人的嘴就像水龙头，别人的心就像开关，只有开关打开，清水才能流出来，只有别人的心门打开，我们才能得到真知。

有的时候，别人跟我们沟通时，可能说出来的话不好听，或者不是很对我们的胃口，或者是我们认为不正确，或者根本就是错误的，这些话语就像水管里面流出来的脏水，我们不需要，我们用不了。但是，如果我们立马反驳说他们说的不对，甚至指责他们，这样的做法就好比关了水龙头，会让对方因为心里面不舒服、难受，从而关闭心门，不愿意再说话！

可能有人会说，那没有关系，至少没用的、错误的话不用听了，但是，万一下一个观点是对的呢？万一下一个信息是我们需要的呢？

最好的方法是让他说，如果说出的话是没用的、错误的，我不反驳、不纠正，这样，对方就不会关闭心门，就愿意继续说。至于那些没用的话，我完全可以一笑置之，听过就完事，一旦听到有用的、有价值的，则马上吸收，变成自己的！

扩大心胸格局

格局大一点，你所失去的一切，都会以另一种方式回来。

怎样才能知道一个杯子的容积有多大呢？只要装满水，用量杯量一下水的体积就知道杯子的容积了。

怎样才能知道一个人的力量有多大呢？只要让他去拎重物，知道了他能拎起的最大重量的东西，就知道他的力量有多大。

怎样才能知道一个人的心胸格局有多大？只要让他经受委屈、痛苦和磨难，他的承受能力就是他的心胸格局。如果他在这些负面能量面前丝毫不受影响，照样工作，说明心胸格局大过这些委屈；如果这些负面能量让他感觉有些难受，影响了正常工作，说明心胸格局已经装满了，只够支撑这些负面能量；如果这些负面能量让他痛不欲生，说明心胸格局已经被撑破了。

想提升力量，就要练习举起重物。同样的道理，想扩大心胸格局，就要经常承受委屈、痛苦和磨难。

哑铃很重，没什么别的用处，就是用来训练力量的。想练习力量的人会讨厌哑铃吗？当然不会，他们还会专门去买一对哑铃。负面的人和事很讨厌，没什么别的用处，就是用来扩大心胸格局的，想扩大心胸格局的人就要敢于面对负面的人，就要敢于承受负面的事。

能量的传递

别抱怨别人不尊重你，要先问问自己是否尊重别人。我爱你，你爱我，爱来爱去爱自己；我害你，你害我，害来害去害自己。人生不要被别人所控制，决定你命运的，是你自己。

对于我来说，别人都是一面面镜子；对别人来说，我也是他们的一面镜子。

当我向镜子发射红色的光，镜子向我反射红色的光；当我向镜子发射蓝色的光，镜子向我反射蓝色的光。假设我们用红色的光代表爱，蓝色的光代表恶，那么，当我向别人发射红色的光——爱的能量，别人也会像镜子一样向我反射红色的爱的能量。同理，当我向别人发射蓝色有害的能量时，别人也会像镜子一样向我反射蓝色有害的能量。

别人怎么对待我，是我告诉他的。因为是我射向他人的光，决定了他人对我反射的光。改变我对别人的态度，就能改变别人对我的态度。

要想获得别人的尊重，就得尊重别人。这是一个没有新意的理论了，但却也是比较行之有效的理论。如今在这里再次讨论关于"尊重"的话题，是有一些新的有关这方面的感触。人与人之间需要一种平衡，就像大自然需要平衡一样。不尊重别人感情的人，最终只会引起别人的讨厌和憎恨。

传递美好感觉

人生路上付出的汗水、经历的苦难，都是让生命与外界产生连接的过程。只有连接上，才能感受到生命的感觉，连接越强，生命的感觉越美妙。

精神世界最幸福的莫过于感受到各种美妙绝伦的感觉，尤其是体验到生命的感觉。世界上能给我们带来美好感觉的东西很多，但是很多都达不到生命感觉的层次。没有生命的连接，哪能找到生命的感觉？

一个孩子考试的时候抄了别人的答案，考了95分，排在班上前三名，还得到了老师的表扬。但是，他却没有快乐的感觉，因为他并不是靠自己的实力获得的，分数和自己的生命没有连接，所以，找不到那种兴奋快乐的感觉。

电影场面特别刺激，观众看得特别高兴。拍摄制作电影的人因为生命和电影有着深度连接，所以，电影受到大众的欢迎就能给他带来生命的感觉，发自内心深处的一种美妙感觉。

为什么父母对自家孩子的爱远远超过对亲朋好友的孩子的爱？就是因为父母对自己的孩子有生命的连接，能感受到因为关心爱护孩子给自己带来的美妙感觉。

爬山之所以快乐，是因为一步一步地攀登让生命和征服高山有了连接；旅游之所以快乐，是因为亲自体验到当地的景物，让生命和风景有了连接；下棋之所以快乐，是因为自己思考的对策赢了对手，让生命和胜利有了连接；做事业之所以有成就感，是因为自己的亲身参与和投入获得了回报，让生命和成功有了连接，等等。

自　信

给自己一份坚强，擦干眼泪；给自己一份自信，不卑不亢；给自己一份洒脱，悠然前行。轻轻品，静静藏。为了看阳光，我来到这世上；为了与阳光同行，我笑对忧伤。

有自信心的人，可以化渺小为伟大。坚定的信心，能使平凡的人们做出惊人的事业。自信的人，身体能量更加容易对外释放，因为没有阻碍，能量释放和吸收的效率很高。而自卑的人，身体能量不容易释放，能量释放和吸收的效率很低。

如果把人比作一朵花，自信的人将盛开的花朵直接展现给别人看，很快就能赢得别人的喜爱。而自卑的人，仿佛是朵含苞欲放的花，让人看不清花的色彩和美丽，让人无法了解它、欣赏它。

自信的人敢和陌生人交流，不容易受到他人的伤害；自卑的人不敢和陌生人交流，很容易受到外界的伤害。

自信的人在新事物出现的时候，积极了解接纳；自卑的人面对新事物则充满了恐惧！要自己看得起自己，自信点，阳光点，永远都要活给自己看。很多时候，我们无须把自己摆得太低，只有挺直了腰板，世界给你的回馈才会多一点。

坚强的人把困难当成朋友，软弱的人把困难当成敌人。不要只看到别人的一举成名，更要看到别人的十年寒窗。没有十年寒窗的冷寂，就没有一举成名的荣光。易钉进去的钉子也容易拔出来。困时多想更困事，难时多想更难人。

信任也是一种能力

做一个信任他人，也能让他人信任的人，也是一种能力！信任是人与人沟通的必要条件，人生之幸，莫过于被人信任；人生之憾，莫过于失信于人。信任不是别人给的，而是自己构建的。信任，维系了人与人之间的关系和社会的稳定发展，信任，可以使我们的生活变得更美好！

人与人之间相互信任，才能友好沟通和相处。我们怀疑别人是坏人的时候，怎么会愿意和这个人交往呢？别人不相信我们的时候，怎么会愿意听我们的话呢？人们相互之间的怀疑，会让人与人之间的交流不顺畅。

我们要信任别人，不要因为受到一次伤害，被人欺骗一次就怀疑所有的人。我们要相信绝大多数的人都是好人，不要因为一次走路摔跤就不再走路。我们这种信任别人的能力叫信他，让别人信任自己的能力叫他信。

为了获得别人对我们的信任，我们要特别注意自己的言行，比如，约会的时候不要迟到，迟到太久或者次数太多，都会失去别人对我们的信任。

谎话说多了，总会露馅，欺骗别人一次，就会失去他们对我们的信任，想要修补他信，就算你付出几倍代价，也会留下疤痕。

要么不承诺，承诺就要兑现。不然，以后再做出什么承诺，都没人相信！信任，多么崇高的字眼，又多么神奇啊！人缺乏信任便会从朋友变为陌路。

创　业

　　创业前，很多困难你都不会把它认为是困难，当它突然成为你的困难时，很多人会承受不了压力，就放弃了，这样的人一定不能成功。创业者要告诉自己一句话：从创业的第一天起，每一天要应对的是困难和失败，而不是成功。

　　阿基米德曾说：给我一个支点，我就能撬动地球。生命的时间就好比一根杠杆，而能力就是作用在杠杆上的力，只要杠杆足够长，就能撬起更大的成功，但是如果杠杆太短，力量再大也撬不动太大的成功。

　　举一个例子，两个人加盟开店，能力相当，30岁的人具备了开店能力，以60岁为限，有30年长度的杠杆可以撬动成功，而50岁的人虽然也具备了开店能力，但只有10年长度的杠杆可以用来撬动成功。这样一对比，当然是30岁开店更好！

从中得出一个结论，如果有某种能力对人生很重要，只要不受身体功能的限制，那就越早学越好。越早学到这种能力，就能作用在更长的生命杠杆上，得到的结果就会更好！

有很多成功是在量变积累到质变的情况下产生的。如果积累的时间不够多，就无法达到质变的量级，就不会成功。如果想从事某一行业，就要尽快从事，时间是成功的杠杆，杠杆够长才能撬起成功，杠杆不够长就很难撬起成功。

珍惜时间，需要做的事尽早做，比如创业，要么这辈子不创业，那就不去羡慕别人拥有的！如果你认为自己迟早有一天会羡慕他人拥有的，那么要创业就早行动，这样享受才会多一点。

交　往

与别人交流的时候，一定要多看看别人的状态，多换位思考，如果发现说错了，要及时停止或者切换一个新话题。总之，我们要让别人因为我们的存在而快乐！

随着社会的发展，人际关系越来越重要。孤家寡人很难有所作为，更不用说有所成就了。人际交往中不仅要热情大方，还要注意三思而后行。因为你说的话，就像泼出去的水，是无法收回的。不应该说的话，就不说。

在和别人交往的时候，我们经常会遇到别人不如意的时候，比如，亲人去世了、公司倒闭了、婚姻破裂了等情况。我们应该在别人难受的时候安慰他们，而不是主动去提及这些令他们伤心的事情，这样就好比在别人伤口上撒盐，会让对方更加疼痛。别人如果太疼痛了，也就不愿意和我们交往了！

公司里的一位女同事刚刚离婚，我们就不要当着她的面秀恩爱，讨论和爱人将要去哪里旅游等。这样让女同事多难受！我们要不然就不要在别人面前提起这个话题，要不然就说些让别人开心的话。可以引导别人从阴暗负面的世界走出来，走进阳光积极的正面世界，帮助她看到事情好的一面！

有一句老话说得好，哪壶不开提哪壶，说的就是这个意思。为什么会有人这样做呢？要不然就是故意去伤害他人，要不然就是没有共情力，没有进入他人的世界，只顾着自己说话痛快，没有察觉到他人的感受。

拥　有

想拥有别人不能拥有的，就要付出别人不能
承受的代价！一分耕耘一分收获，只有付出更多
你才能拥有更多。

水晶、钻石等宝石，从价格上看，钻石是相当贵
的，因为品质好，硬度高。

人人都知道钻石好，但是，并不是人人都会买最
好的钻石，因为钻石贵，购买的代价高，不是人人都
愿意付出这样的代价，有些人买了便宜的水晶，因为
代价低。就算佩戴水晶的感觉不是最好的，考虑代价
的因素，也能接受普通的生活品质。

生活中方方面面都是相似的道理。所有人都想住
大房子，但不是人人都会买豪宅。

在人生的成就方面也是这样，有碌碌无为的，有过小康生活的，有做出伟大成就的。如果能让人生拥有伟大成就，那生命该多么精彩！但是伟大成就的代价像钻石一样非常昂贵，需要付出很多汗水、努力与奋斗，考虑到代价，很多人最终还是选择小代价换取碌碌无为、普普通通的人生结局。

反　差

好与坏，对与错，成功与失败，希望与失望，是相互转换、对立统一的。人们往往只看好的一面，忽视了不好的一面。假如宇宙只有白昼，没有黑夜，假如一年四季只有夏季，没有冬季，我们人类将会怎样？懂得欣赏成功，善于接受失败，我们必将成功，因为有时反面的力量亦会很强大。

由于新型冠状病毒感染疫情，2020年"围美"的美丽节，我们在军营度过，睡的是硬板上下铺，外面天气很冷，屋里说话还冒白气，就是这样的环境，我们待了三天。回家躺在床上的那一刻，我感知到一种从未有过的放松，床是那么软，感到生活真美好！

让我们感知到快乐与痛苦的，其实不是某一样东西，而是反差。比如，把一个冷馒头给街上的乞丐，他会很快乐，因为馒头带来的饱腹感和饥饿之间的反差给他带来了快乐。如果把冷馒头给一位国王，国王会感到痛苦，他感受到的是美食和冷馒头之间的反差带来的痛苦。所以说冷馒头不是痛苦和快乐的源泉，反差才是！

一个人站了10个小时，坐下来的时候，感觉非常舒服；另一个人坐了10个小时，站起来活动了一下之后，也觉得浑身舒服。所以，到底是站着还是坐着给人带来快乐呢？都不是，是坐久了的痛苦给我们带来了站的快乐，是站久了的痛苦给我们带来了坐的快乐。生活中如果没有艰辛、劳苦、委屈等痛苦，哪来的强烈的反差？没有反差又怎么会感觉到快乐呢？所以，苦为乐之源，乐为苦之果！不要让自己在快乐的空间里待太久，待得太久，就会麻木！

信　任

我们如果想要获得别人的信任就要严格要求自己，做到坚守诚信，兑现承诺，做到承担责任才能得到更多人的信任！

人与人之间的交流，语言是最低档次的。当只有通过说话才能沟通时，你们两个人的关系则很远。关系亲密、心有灵犀时，一个眼神、一次握手足矣。跟真正的朋友在一起时，不需要语言，不需要刻意的寒暄，不需要动作。好朋友在一起时，安静但不冷清，这是基于长年累月的信任和相互的理解而形成的一种宽松的氛围。

有的人抱怨得不到别人的信任，感觉挺烦恼，其实，问题往往出在自己身上，有可能是因为我们没有做出让别人信任的行为。

　　一个公司的员工经手一些需要花钱的事情，这个员工没有拿回扣，没有贪污公司的钱，也正常交发票报销，但如果认为这样就可以了，那他做事就做得非常不到位。因为，我们不仅要办好事情，还要汇报每一张票据的用途，自己思考一下，看看有哪些地方和细节可能引起别人的怀疑，都要进行解释说明，这样才有可能获得别人的信任。

　　男人有时候因为应酬回家比较晚，如果男人认为只要自己对得起老婆，没有做错误的事情就可以，那就大错特错了。试想一下，女人发现男人经常晚回家，而且男人从来不说自己出去都干了什么，能不怀疑男人吗？因此，男人只要回来晚了，就要主动告诉老婆自己干什么去了，解释清楚，这样不就大大降低被怀疑的概率了吗？

珍　爱

没有付出代价得到的东西，往往不会珍惜。如果想让别人珍惜某个东西，就要让他在得到时付出代价。珍爱一样东西，才能感受更多的美好和幸福！

小时候我喜欢收集小人书，我有很多本！还有十几本是我尤其珍爱的。只有特别好的朋友来家里时，我才会拿出来给她们看。为什么我这么珍爱这些小人书呢？因为那些是我花了很多时间才买到的，而且几乎花掉了我当时所有的零花钱。我花费了这么大的代价才得到的，当然很珍惜！

我有个女同学对她老公特别好，后来我才知道，她很喜欢他，用了三年的时间才追到，所以特别珍爱！

一个人花的代价越大，越会珍爱他所得到的东西。飞机降落，座位上常常会留下很多报纸，我仔细观察了一下，发现这些报纸基本上都是免费取阅的，如果是自己花了钱买的刊物，基本都被随身带走了。

那时候，我会开一些免费体验课，不少来上课的学员经常迟到。但是，那些交了很多钱的正式课程，同学们上课的积极性就高很多，他们更加认真，更加努力，更加守时！真可谓是学习不交费，往往学不会。免费的不珍惜，又怎么会认真呢？

富二代花钱往往大手大脚，创业者花钱往往比较谨慎，因为付出的代价不同，对钱的珍惜程度当然也不一样；两个学生都得了高分，但通过抄袭得到的分数，和通过努力得到的分数，给人的感觉完全不一样！

吃亏是福

跟同事们或者合作伙伴们共事的时候，我们可以把功劳多让些给别人，别人就更愿意和我们共事，我们的事业也就能得到更好的发展了。比如一个下属做成了一件重要的事情，领导对他说："谢谢你为公司做出了贡献。"下属回答说："谢谢领导的培养！"这样的对话就是把功劳给到对方，双方听了都很高兴！

和人好好相处的奥秘就是吃点小亏，能吃小亏的人，也能赢得大人生。

人都有本能，都希望自己占便宜，但如果我们换位思考，在和别人相处的时候让别人占一点小便宜，也就是自己吃点小亏，那别人就会很高兴，就愿意和我们相处，因为他能占到小便宜。如果和我们相处的人很多，我们就能聚集人气，就能拥有更多的机会和资源。

以前读过一个成功商人的故事，他说自己成功的奥秘就是多给别人一点，不论是合作伙伴还是客户。以前不明白，为什么不能按照合同商定的比例分配呢？为什么要多给客户送一点，不是亏了吗？现在我懂了，就是因为他能吃亏，很多人愿意跟他合作，很多客户都愿意买他的东西，他才成为成功的企业家。

和亲朋好友在一起的时候，谁都希望得到别人的认可，都愿意说自己的孩子如何好，都愿意说自己多么好。但仔细想一想，如果我们把自己说得太好了，就把别人比下去了，别人会感觉非常不好，又怎么会愿意和我们交往呢？如果我们主动赞美别人，夸奖别人，认可别人，多找找别人身上的优点和好处，那不就会让别人更开心吗？别人开心了，自然也就更愿意和我们在一起，我们的朋友不就多了吗？

反省而不自责

　　记住，对已经过去的事情，可以反省，但不要自责！自责和反省都不是目的，目的是找出自己的不足并加以改正！

　　自我反省，从自身找原因，不要总是挑剔别人的错误。当所有人都觉得是你做错的时候，你应该反省一下自己，而不是责怪身边所有的人。什么时候能反省一下你自己呢？真正的学习就是不断地反省自己，不断觉悟的过程，让自己成长、蜕变，一次次蜕变的过程就是获得智慧的过程，也是学习给我们带来的最大力量。

　　人们在平时做事的时候，可能会因为马虎导致事情出现纰漏，没有好的结果。很多人认识到是自己的错误以后，可能会产生纠结、懊悔、自责的心态。大多数人对于自责可能并不在乎，觉得又没有指责他人，是自己怪自己，有什么问题呢？其实，自责和指责是一样的，都是在释放负能量，只不过自责的负能量是对着自己释放，负能量会进入自己的内心世界，导致自己情绪低落，状态不好。

不管是什么事，不管自己犯了什么错，只要过去就不提了，不要自责。自责除了破坏当下的心情和事情，没有什么好处。不要自责，但是可以反省，反省是理性的，是应该做的。事情发生后看看自己哪里做得不好，哪里可以改进，能否总结出什么经验。

不管是什么事，顺利也好，不顺利也罢，我们都可以反省，我们身边的亲人朋友更愿意看到我们用反省的态度对待过去的事情，因为知道我们不会情绪化，知道我们变得成熟，能理性地对待过去，而不是被负面情绪牵着鼻子走。

对手的放弃

对手的放弃也是自己的胜利。关键是要看对手放弃的原因，是因为自己强大还是其他原因。做事不能只靠侥幸心理去捡漏，要真正地去强大自己。

正因为有了对手，我们的生活才不会像白开水一样平淡乏味。正因为有了对手，我们才不会像人工养殖的鲜花一样脆弱。正因为有了对手，我们才能享受到真正的快乐。有时候对手的放弃，反而给自己赢得了机会。

最近一个朋友给我打电话，告诉我他获得了一个公派出国的机会。我问他是怎么取得这么难得的机会的，他告诉我是他运气太好了，其实，全省只有一个名额，他原本只想试试，没想到只有他一个人参加面试，因为其他人看到竞争这么激烈，那么多报名的人只有一个名额，觉得自己根本不可能有机会，都放弃了最后的面试，结果他白捡了一个千载难逢的机会！

我祝福我的朋友，但我内心觉得这件事情就像镜子一样照出了一个现象：很多人的成功来自对手的放弃。在网络刚刚崛起的时候，和马云一样看到商机的有6000多家网络公司，但是，在面对发展之路上的无数艰难险阻时，很多人选择了放弃，最后，剩下来的没有几家，但剩下来的几家都很成功！

很多人在选择行业的时候，还没有熟悉整个行业就选择了放弃。有些人在一个公司工作，当公司遇到困境他们就选择放弃，于是失去了和公司一起腾飞的机会，而跟着公司从不放弃的人获得了最后的成功！知道了这个道理，以后无论有多少人竞争，我们一定要挺住，不到最后绝不放弃。真是"熬不住出局，熬得住出众"！

　　我们可以因为能力不如人而失去机会，但是绝对不能因为毅力不如人而放弃！未来的成功一半来自自己的才能，另一半来自对手的放弃！

下次复下次

明日复明日，明日何其多！我生待明日，万事成蹉跎。你在做事情的时候始终都是那么拖泥带水，不能让自己果断地前行，这样的人生始终是不尽如人意的，你无法将这件事情展示得更加完美！

我有一天开车上高速过收费站的时候堵了很久，看到旁边ETC车道上的车一辆一辆地过，心里很纠结，告诉自己下次一定去办ETC卡。但是，转头一想，"下次一定办"都说了多少回了，记得自己五年前就说过，一晃五年了，也没有去办。因为每次有机会办的时候，总是告诉自己"下次再说"。下次！下次！这样的话不断重复着，结果五年过去了，一件原本很想做的事情却一直没有去做！

每个人生活中都有类似的情况：一件事很想办，因为没有办，已经让生活受到了影响，这时候总是告诉自己，下次一定办。事情过去后，好了伤疤忘了疼，下次一定办的决心也慢慢淡忘了。于是，想着等有机会再去把事情给办了，结果总是感觉没时间，手头总是有其他的事情，于是告诉自己下次再说，就这样把能办事的机会都浪费了。最后，过了很久事情也没有办成，甚至永久失去了办成事情的机会。

很多学生考试的时候题目做不出来，分数很差，被同学嘲笑，心里比较难受，告诉自己下次一定好好学习。但是，没过多久，被嘲笑留下的不舒服就过去了，好像不记得被人嘲笑过一样，每天写作业依旧不认真，总告诉自己下次再努力。一晃学生时代过去了，最终没有考上好学校，一生都懊悔！

人生路上如果遇到一件事给自己带来了痛苦，这是觉醒的痛，但是觉醒了就不要再睡过去，既然已经觉醒，就要第一时间把该做的做完，不要给自己找借口，该出手时就出手，该做事时就做事！人生路上，"下次一定办"这种话，可以有，尽量少！

创新的根基

不切合实际的东西，不管是洋框框，还是土框框，都要大力地把它们打破，大胆地创造新的方法、新的理论，来解决我们的问题。

创新是一个民族进步的灵魂，是国家兴旺发达的不竭动力。对于创新来说，方法就是新的世界，最重要的不是知识，而是思路。想出新办法的人在没有成功以前，人家总说他是异想天开。异想天开给生活增加了一抹不平凡的色彩。很多人都羡慕那些创新的人，惊奇于他们创造出来的新事物。所谓创新就是和过去有所不同。怎么做才能创新呢？和大家分享以下方法。

重新组合法

有一次，我去宜兴买紫砂壶，发现有一个工艺美术师把瓷器上的一种叫作珐琅彩的工艺做到了茶壶上，新款茶壶卖得很火爆，这种创新就是把两个事物组合在一起的例子。还有把新鲜水果放到雪糕里做成水果雪糕，也是组合出来的新事物。

重新包装法

比如，起一个新名字。国外进口的猕猴桃叫作奇异果，小小的西红柿叫作圣女果等，比如，换个新形象，某种酒换了个新酒瓶，某种茶叶换了个新盒子，某种书换了个新版式，等等。

改变方式法

一种食物换一个吃法，一件衣服换一种穿法，一门课程换个学法，一件事情换个做法，一个物品换个用法，一个观念换个说法，等等。这些都是改变方式的创新思维。

研究发明法

经过深入研究发现新规律，发明新技术，发现新需求，生产出新物品。就像现在中国领先的5G技术、造桥技术、高铁技术等。

其实从本质上讲，很多创新的事物用的都是老方法，按照这些老方法，人人都能创新。在日常生活中，我鼓励每一个人都去创新，认真思考，积极创造，让中国更强大！

山上处处有风吹

每天微笑多一点，每天快乐就多一点；遇到一件难事，微笑着去面对，会变得简单许多，这样也能起到有效的减压效果。任何事情，总有答案。与其烦恼，不如顺其自然。

没钱的有没钱的烦恼，担心没钱生活。有钱的也有有钱的烦恼，担心财富流失。学习排名靠后的有靠后的烦恼，担心老师、同学、父母瞧不起。学习排名第一的有第一的烦恼，担心太多的期望会给自己带来太多的压力。单身的有单身的烦恼，因为每日孤单寂寞。结婚的有结婚的烦恼，因为经常争吵抱怨。

在跟一个朋友聊天时，他说到自己的事业做得还不大，没有太多的利润，在做事业的过程中，遇到了很多的烦心事。我静静地听着，他突然扭头问我："邢老师，您的事业做得规模挺大的，没有我这样的烦恼吧？"我笑了笑说："不管事业做到什么规模，不同的高度有不同的烦恼，而且高度越高，烦恼越大。就像爬山，在山脚的时候，有风吹着我们，爬到山腰的时候，也有风吹着我们，爬到山顶的时候，还是有风吹着我们，而且山越高，风越大！"

不要总觉得自己的生活不如意，不要总感觉别人很幸运。当别人看到我在台上展现风采的时候，谁能感受到我身体的疲惫和疼痛？当别人羡慕我们做讲师的能到处讲课时，谁能感受到连续出差、不断换城市给身体带来的煎熬以及家人的孤单？

所有问题其实都出自己心，不管在什么生活状态，都要看到好的一面，不管遇到多大的烦恼，都要用宽阔的胸怀接纳！

与高人为伍

普通人的圈子，谈论的是闲事，赚的是工资，想的是明天。生意人的圈子，谈论的是项目，赚的是利润，想的是下一年。智慧人的圈子，谈论的是给予，交流的是奉献，遵道而行，一切将会自然富足。和优秀的人在一起真的很重要，跟着什么样的人就会成为什么样的人！

人很容易受环境的影响，或者说环境对人的影响特别大。近朱者赤，近墨者黑，也就是说跟好人学好人，跟歹人学歹人，物以类聚人以群分，环境可以改变人。

什么是高人？高人指的是在某一方面的能力远远高过普通人的人。而高人的本领也是我们想要的，如果我们能跟着高人一起前行，往往会更快地获得我们自己想要的能力。想跟着高人走和能跟上高人走完全是不同的两码事，想跟而跟不上是没有任何意义的。

为什么跟上高人不容易呢？

从思想角度理解：和品行优良的人交往，就好像进入了摆满香草的房间，久而久之闻不到香草的香味了，这是因为人和香味融为一体了。和品行不好的人交往，就像进入了卖臭咸鱼的店铺，久而久之就闻不到咸鱼的臭味了，这也是因为你与臭味融为一体了。如果能跟上高人，高人会带着我们走向更好的未来。同时，在跟着高人的过程中，我们也能看到未来，对问题有一个更深入的认知。我们自己成了高人之后，想跟着高人可以继续跟着，不想跟着高人就可以走到自己想去的地方！

知道多了未必是好事

生活中不要什么都知道，有的时候知道得太多，反而感觉不幸福！

有一次，几个人出去旅行，到了一处很偏远的地方，大家都饿得肚子咕咕叫，好不容易找到一家乡村小饭店，于是大家坐下来点了几个菜。有一个人好奇心很重，跑去后面的厨房看了一圈，回来后他告诉大家厨房的卫生不是很干净，又说了很多怎么不干净的细节。大家听了都感觉很不舒服，但是因为肚子很饿，没有办法只能吃下饭菜。吃完后，大家身体都没出什么问题，我想，反正都要吃，还是眼不见为净好！

父母常常担心远方的孩子，不知道他一个人远离家乡在外面打拼生活得好不好。于是打电话去问，孩子往往都说好的一面，不说不好的一面。作为父母，其实不用问得太仔细，就算知道孩子不好，能改变孩子的状况吗？知道太多除了担心也没什么用处，还不如不知道的好！

父母喜欢偷看孩子的日记，有的时候会看到一些不想看到的信息，父母就会小题大做，最后破坏了亲子关系。其实，应该给孩子一点空间和自由，给伴侣一点空间和自由，没有必要偷看对方的日记和手机，可能家庭会更加幸福一些！

有一次，我遭到了别人的恶意中伤，后来有人对我说知道是谁在背后中伤我，并问我是否想知道是谁。我回答说不想知道。知道是谁中伤我，我可能就会因此恨他，以后，跟这个人可能也相处不好，所以还不如不知道。

凡事有度，知道太多反而不好。有的时候装装糊涂，那些无关紧要的事情就不要刨根问底了。知道一些事情可能会让别人不舒服，对他们没什么好处时，不要把事情捅破，不要告诉他们真相。如果这些都注意到了，生活可能会更好！

经验不是结论

人的年龄越大，经历的事情就会越多，事情做多了就有了经验。经验就是做某一类相似的事情时知道怎么做更好！用实事求是的态度，具体情况具体分析，才能更安全，更成功！

生活是由一系列的经验组成的。每一个经验都会使我们变得成熟一些，虽然有时我们很难体会到这一点。经验不会从天而降，经验只有通过实践才能获得。经验永远不会对你做错误的引导，你做错只是因为你自己的判断，而你的判断之所以对你产生误导的作用，是由于它根据那种并非借着实践而产生的经验来预料。"经验是思想之子，思想是行动之子，了解他人不可以书本为据。"

经验是一把双刃剑，有经验固然是好事，但也有可能会坏事。经验如果能用在同样的事情上当然没有问题，但是计划赶不上变化，万事万物都处在不断变化之中，才是不变的道理。总之，发生事情的环境在变，就可能带来事情本质的变化。

如果看到事情很相似，就直接套用经验，则有可能把事情搞砸。经验应该是重要的参考而不是直接的结论。

当我们遇到事情的时候，首先搜寻一下大脑，看看有没有相关的经验。如果有经验，那就拿出来参考，然后，再具体分析一下事情发生的各种因素。如果发现经验可以直接用就直接使用，如果不完全适合，那就思考新的方法。总之，绝不能把经验当成直接的结论不经思考就直接使用。

努力未必能成功

天上不会掉馅饼，如果你想改变命运，那就逼自己一把，如果世界上真有奇迹，那只是努力的另一种结果！当你做什么都于事无补时，唯一能做的就是努力让自己好过一点儿。

经常听到这样一句话，只要努力就一定能成功。这句话顶多算是一句励志的话，努力一定能让人成功吗？现实情况是不一定！听到这样的观点可能会让很多正在努力的人泄气，但我们千万不要放弃努力，尽管努力不一定让人成功，但是，不努力一定不会成功！努力至少还有成功的可能性！

一个人在没有金子的土山上淘金，一天干到晚也淘不出什么财富；一个人开车走错了路，油门踩得越狠，离目标只会越远；一个做生意的人卖过时的商品，卖随处可见的商品，怎么卖也卖不出价，卖不出量，怎么会富有呢？这些例子都是方向出了问题。

农民用牛耕地，再努力也比不过拖拉机耕地；出远门用双脚，再拼命也比不过坐飞机。这些都是方法出了问题。很多企业做到挺大的时候倒闭了，因为资金链断裂，这是资源出了问题。因此，努力要和很多因素结合在一起才能产生结果，这就是努力不一定让人成功的原因。建议大家不要只顾低头拉车，不顾抬头看路，而应该抬头看着路去努力，这样才能让努力更加容易接近成功。

人的喜好大不同

每一个人都有自己的爱好，但并不是所有人的爱好都一样。有人喜欢写字，有人喜欢画画，有人喜欢下棋，有人喜欢打篮球。在工作中，一定要了解客户的具体要求才能达成最好的结果。

一个好朋友请大家吃饭，他挺慷慨，给每人点了一份鲍鱼。一份鲍鱼接近百元，但是，却有两三个人没有吃。尽管鲍鱼是好东西，但并不是人人都会喜欢。

生活中也有很多很好的名贵东西，但不是人人都会喜欢。喜欢某种东西是因为这种东西给内心带来了美好的感觉。如果某种东西没有给人带来美好的感觉，就不会有人喜欢。萝卜青菜各有所爱，有的人对青菜有感觉，有的人对萝卜有感觉，人人都愿意追求给自己带来美好感觉的事物！

对于人生的追求也是一样的道理，有的人追求伟大，有的人甘于平庸。追求伟大的人是因为他的内心能感受到为国为民给自己带来的美好感觉，而甘于平庸的人感受不到伟大的感觉，反而对平凡的生活感觉良好。千万不要去嘲笑平庸的人，因为任何人都有权利选择自己感觉良好的生活。只不过有的人是因为没有尝试过而不喜欢，并非真正的不喜欢。没有体验过为国为民的感受，不知道伟大的感觉而甘于平庸的，不是真正的甘于平庸。

所以人会成长，需求和喜好也在不断变化。当需求变了，感觉变了，而选择不变，人生最后极有可能会失衡，或后悔该做的没有做！

做人要像保温杯

　　结交朋友的时候要和有保温杯特性的人交往。因为他们知恩图报，他们有良心，这样的朋友才值得交往！学会感恩，感谢父母的养育之恩，感谢老师的教诲之恩，感激同学的帮助之恩，感恩一切善待并帮助过自己的人，甚至仅仅是对自己没有敌意的人。

　　路一步一步走着，留下的脚印，自己最清楚，事一点一滴做着，个中滋味，只有自己能明白。你走得累不累，脚知道，你撑得难不难，身体知道，你过得好不好，只有自己的心知道。做人就像保温杯一样，可靠，保持一定的温度，熨帖，不骄不躁，耐用持久。

　　市面上有很多种杯子，保温杯往往贵一点。因为热水倒进去能长时间保持温度，基本上每个成人都会给自己准备一个保温杯。我也喜欢用保温杯，泡茶的时候不会因为做事耽误几分钟水就凉了。我更喜欢和有保温杯特性的人交往。这样的人你往他的内心传播爱，他会长长久久记得你的爱，记得你对他的帮助。将来你遇到困难了，他会帮你把过去你倒进他内心的爱回馈给你！

而没有保温杯特性的人，你向他传播的爱，可能第二天他就忘了，他喜欢翻脸不认人。有的员工在企业工作的时候，老板对他挺好的，帮助他成长，给的待遇也很好，结果离职没两天他就开始中伤老板，中伤企业。这就像一次性纸杯，水倒进去没两分钟就凉了。社会上忘恩负义、过河拆桥的人不少。

我们自己应当做一个有保温杯特性的人，心里要记得别人给过我们的帮助，不管过了多久都要记在心里。尤其是对父母，不管怎么样，父母对我们的养育之恩永远不要忘记，要懂得在生活中孝顺父母、关心父母。

　　当然，也不要忘记国家对我们的栽培之恩，不要忘记自己是中国人，应当为祖国的富强贡献自己的力量。

故 事 一

东汉时，有个叫孟敏的人，买了一只陶罐，在路上不小心摔破了。孟敏连看也不看一眼，径自走了。路人觉得奇怪，过去问他："你的罐子打破了，怎么连看也不看一下呢？"

孟敏回答说："罐子已经破了，看它又有什么用呢？"

对于孟敏来说，停留下来为一只罐子懊悔，也许会错过晚上歇脚的客栈，也许会无缘欣赏晚霞的华光，比起站在原地懊悔，不如立即起程，不将就，不回头！

我知道这两年的生活让你难过了，可仔细想想谁又过得轻松？这世上，所有的事情都是有成本的，把过去的美好悄悄放在心底，别为过去的人和事浪费太多时间，那样会错过一路的美好，与其在改变不了的事情上纠缠，不如立刻前行，不纠缠，不懊悔，不回头！经过大风大浪，你还能坚持最初的梦想，你知道这是多么难得！

我们要想为自己的人生寻找到与众不同的突破口，就要勇于听取他人的建议，学会和他人交流。包括陌生人、让你不喜欢的人、被你忽视的人，每个人都是一个特殊的信息源，那里埋藏着我们意想不到的资源。所以我们要善于发现和利用，要大胆地尝试，平等地与之分享，从他们身上提取我们需要的价值，从而形成我们自己的体系，让自己变得更优秀，更出众。

故 事 二

有个穷人，因为吃不饱穿不暖，而在上帝面前痛哭流涕，诉说生活的艰苦，天天干活累得半死却挣不来几个钱。哭了半晌他突然开始埋怨道："这个社会太不公平了，为什么富人天天悠闲自在，而穷人就应该天天吃苦受累？"

上帝微笑地问："要怎样你才觉得公平？"穷人急忙说道："要让富人和我一样穷，干一样的活，这样我就不再埋怨了。"上帝点头道："好吧！"说完上帝把一位富人变成了和穷人一样穷的人，并给了他们一人一座山，每天挖出来的煤当天可以卖掉买食物，限期一个月之内挖光煤山。穷人和富人一起开挖，穷人平常干惯了粗活，挖煤这活对他来说就是小菜一碟，很快他挖了一车煤，拉去集市上卖了钱，用这些钱他全买了好吃的，拿回家给老婆孩子解馋。

富人平时没干过重活，挖一会儿停一会儿，还累得满头大汗。到了傍晚才勉强挖了一车拉到集市上卖，换来的钱他只买了几个硬馒头，其余的钱都留了起来。

第二天，穷人早早起来开始挖煤，富人却去逛集市，不一会儿带回两个穷人来，这两个穷人膀大腰圆，他们二话没说就开始给富人挖煤，而富人站在一边指手画脚地监督着，只一上午的工夫富人就指挥两个穷人挖出了几车煤，富人把煤卖了又雇了几个苦力，一天下来，他除了给工人开工钱，剩下的钱比穷人赚的还多几倍。

一个月很快过去了，穷人只挖了煤山的一角，每天赚来的钱都买了好吃的，基本没有剩余，而富人早就指挥工人挖光了煤山，赚了不少钱，他用这些钱投资做起了买卖，很快又成了富人。结果可想而知，穷人再也不抱怨了。

故 事 三

有人曾做过这么一个实验：他从一个村子里找了两个人，一个愚钝，一个聪明。他找了一块两亩左右的空地，给他俩同样的工具，让他们在其间比赛挖井，看最终谁先挖到水。愚钝的人接到工具后，二话没说，便脱掉上衣大干起来。聪明的人稍做选择也大干起来。两个小时过去了，两人均挖了两米深，但均未见到水。聪明的人断定自己选择错误，觉得在原处继续挖下去是愚蠢的，便另选了一块地方重挖。

愚钝的人仍在原处吃力地挖着，又两个小时过去了，愚钝的人只挖了一米，而聪明的人又挖了两米深。愚钝的人仍在原处吃力地挖着，而聪明的人又开始怀疑自己的选择，就又选了一块地方重挖。又两个小时过去了，愚钝的人挖了半米，而聪明的人又挖了两米，但两人均未见到水。这时聪明的人泄气了，断定此地无水，他放弃了挖掘，离去了，而愚钝的人此时体力已经不支了，但他还是坚持在原处挖掘，在他刚把一锨土掘出时，奇迹出现了，只见一股清水汩汩而出。一个人即使能力很平凡，只要拼命努力，也可能弥补能力的不足，从而取得巨大的收获！

在新事物发展的过程中总是这样的，起初充满热情的人很多，而不久就冷淡下去，撒手不做了。但要明白，不下一番苦功是做不成事的，而只有想做的人，才忍得过这番痛苦。无论什么时候，不管遇到什么情况，我绝不允许自己有一点点灰心丧气。成功呈概率分布，关键是你能不能坚持到成功开始呈现的那一刻。

故 事 四

从前，有一个雕刻匠人的雕刻水平很高，可生意一直不好，也没有女朋友，与他打交道的人都说他脾气很怪、很冷漠。他也很苦恼，想改变，于是，他来到一个禅师的面前，说：我想变成一个快乐而有魅力的人，禅师说：在我帮你之前，你先帮我雕刻一座弥勒佛的塑像，一边雕刻弥勒佛，一边做生意就好。几个月后，这个匠人把弥勒佛送过来，这时候禅师就问他，现在的生意怎么样？雕刻匠人就说生意很好，都忙不过来了，还请了几个工人。禅师又问他，你有女朋友了吗？他说不但有了女朋友，而且已经向她求婚成功准备结婚啦。禅师接着问，那你的朋友怎么评价你呀？这个匠人就说，男性的朋友都说我很友善、很随和，都很想和我做好朋友，女性的朋友都说我很有魅力。然后，禅师说：因为之前你雕刻的全是鬼怪，所以你心里只有鬼怪，你想着鬼怪的丑恶，所以，你心里面也印上了鬼怪的这种丑恶和无情，内心也会把人当成鬼。我让你雕刻佛，你的心中想的就是佛，佛心善，有大肚子，能包容，你就有了佛的善心和他善的行为。所以，你就变得很友善。

人应该远离抱怨，消极的心态是会传染的，心态不好的人，会让别人更沮丧、更愤怒、更仇恨，最终形成自己的厄运。而拥有好心态的人内心是阳光的、包容的、友善的。好的心态能带来好运，因为整个人都是积极的状态。

我有两个大学同学，毕业后他们进入了同一家公司，一个能吃苦耐劳，热情付出，而另一个老抱怨老板给的工资太少，加班费太低。慢慢地，他们就拉开了距离，前一个员工，老板给他换了好几个部门，他从不抱怨，从普通员工到小组长，从小组长又做到部门主管，甚至到了经理的位置。后来，老板开分公司了，就把他派过去当了分公司的总经理。在这个世界上，哪有不经历磨难就可以随随便便成功的？

不怕你没有职业，也不怕你没有事做，也不怕你做不好，最怕你没有努力上进的思想。当你没有自己的思维、目标的时候，就不能持续地航行，续航能力弱了，你就不可能做成事情。所以，做任何事情心态都是很重要的。

故 事 五

　　有一处地势险峻的峡谷，谷底是湍急的水流，想要过去只能依靠横亘在悬崖峭壁之间的几根铁索。

　　一行四人（一个盲人、一个聋人和两个健全人）来到峡谷前准备过桥。他们依次抓住铁索，凌空前进。结果如何呢？

　　盲人过去了，聋人过去了，一个健全人也过去了，而另一个则掉下悬崖摔得粉身碎骨。为什么会这样呢？难道一个健全人还比不过盲人和聋人吗？虽然结果很出人意料，但似乎又在情理之中。盲人说："我看不见陡峭的悬崖，所以我能心平气和地过桥。"聋人说："我听不见底下奔腾的水流，所以我能不带恐惧地过桥。"过去的健全人说："我过我的桥，悬崖陡峭，河流湍急，又与我何干？我只要脚踏实地稳稳地前进就可以了。"而那个掉下悬崖的人临死前还在想："悬崖这么陡，水流这么急，我掉下去一定会死的。"有的时候，我们不是被困难，而是被自己吓死的。遭遇困境时，别总是无限放大困难的程度。埋头过坎，历事练心，反而更容易完成目标！

人生最大的压力来源是怕压力，当你相信自己能并能面对事情时，这已是一个好的开端，一切的多虑都将消失，你终会发现：事情并不棘手，别人能，当然，自己也能。

故 事 六

　　山上的寺院里有一头驴，每天都在磨坊里辛苦拉磨，天长日久，驴渐渐厌倦了这种平淡的生活，它每天都在寻思，要是能出去见见外面的世界，不用拉磨，那该有多好啊！不久，机会终于来了，有个僧人带着驴下山去驮东西，它兴奋不已。

　　来到山下，僧人把东西放在驴背上，然后牵着它返回寺院。

　　没想到，路上行人看到驴时，都虔诚地跪在两旁，对它顶礼膜拜。

　　一开始，驴大惑不解，不知道人们为何要对自己叩头跪拜，慌忙躲闪。

　　可一路上都是如此，驴不禁飘飘然起来，原来人们如此崇拜我。

当它再看见有人路过时，就会趾高气扬地站在马路中间，走起路来虎虎生风！

回到寺院里，驴认为自己身份高贵，死活也不肯拉磨了，只愿意接受人们的跪拜。

僧人无奈，只好放它下山。

驴刚下山，就远远看见一伙人敲锣打鼓迎面而来，心想，一定是人们前来欢迎我，于是大摇大摆地站在马路中间。

那是一支迎亲的队伍，却被一头驴拦住了去路，人们愤怒不已，棍棒交加抽打它……

驴仓皇逃回到寺里，奄奄一息，它愤愤不平地告诉僧人：原来人心险恶啊，第一次下山时，人们对我顶礼膜拜，可是今天他们竟对我狠下毒手。

僧人叹息一声："果真是一头蠢驴！那天，人们跪拜的，是你背上驮的佛像，不是你啊！"

人生最大的不幸，就是不认识自己。离开一定的位置，自己什么都不是。

　　每天我们都照镜子，但是我们在照的时候，可曾问过自己一句话："你认识自己吗？"

　　有时别人崇拜的只是他们的需求，不是你。

　　看清自己最重要！

图书在版编目（CIP）数据

入世醒语 / 邢莉娜，邢丽雅著 . — 北京 : 中国财富出版社有限公司，
2023.6

ISBN 978-7-5047-7871-0

Ⅰ . ①入… Ⅱ . ①邢… ②邢… Ⅲ . ①随笔—作品集—中国—当
代 Ⅳ . ①I267.1

中国国家版本馆CIP数据核字(2023)第082604号

| 策划编辑 | 张彩霞 | 责任编辑 | 张红燕 郭 玥 | 版权编辑 | 李 洋 |
| 责任印制 | 梁 凡 | 责任校对 | 张营营 | 责任发行 | 杨恩磊 |

出版发行	中国财富出版社有限公司	
社 址	北京市丰台区南四环西路 188 号 5 区 20 楼	**邮政编码** 100070
电 话	010-52227588 转 2098（发行部）	010-52227588 转 321（总编室）
	010-52227566（24 小时读者服务）	010-52227588 转 305（质检部）
网 址	http://www.cfpress.com.cn	**排 版** 北京天丰晶通数码科技有限公司
经 销	新华书店	**印 刷** 天宇万达印刷有限公司
书 号	ISBN 978-7-5047-7871-0/I·0359	
开 本	787mm×1092mm 1/32	**版 次** 2023 年 6 月第 1 版
印 张	6.75 彩插 0.5	**印 次** 2023 年 6 月第 1 次印刷
字 数	101 千字	**定 价** 139.00 元